Verlag Bibliothek der Provinz

Wolfgang Kühn
KURZENBACH
Flachland-Saga
herausgegeben von Richard Pils

ISBN:978-3-99126-006-6

A-3970 WEITRA 02856/3794
www. bibliothekderprovinz. at
Coverfoto: Wolfgang Kühn

Ort, Personen und Handlung dieses Romans sind frei erfunden. „Kurzenbach" spielt in einer Zeit, als der Begriff „Virus" noch in erster Linie mit Computern in Verbindung gebracht wurde.

KULTUR
NIEDERÖSTERREICH

Wolfgang Kühn

KURZENBACH

Flachland-Saga

KURZENBACH
ERSTER TEIL

1. Kapitel

„So ein Spiegel hat schon seine guten Seiten!", dachte Lambert Zuser und betrachtete seinen behaarten Oberkörper. Natürlich war das, was sich ihm da entgegen reckte, vor zwanzig Jahren noch wesentlich unwiderstehlicher, aber für einen 57-jährigen, zeigte er sich felsenfest überzeugt, war er immer noch ungemein attraktiv. Kein Fältchen könne er an sich erkennen, diagnostizierte er stolz, nun, das konnte natürlich daran liegen, dass die Gesichtshaut durch seinen stattlichen, von Hektolitern an Bier geformten Bauch dermaßen nach unten gezogen und gestrafft wurde, dass da gar keine Faltenbildung möglich war, aber, so sagte er sich, es gibt auch verrunzelte Korpulente, und zu denen zählte er zum Glück nicht.

Und noch etwas machte ihn an seinem Körper stolz – er konnte noch keine einzige weiße Strähne in seiner Haarpracht ausmachen, wobei Haarpracht vielleicht nicht die richtige Bezeichnung war. Vom ehemals blonden Wuschelkopf, dem das weibliche Geschlecht reihenweise zu Füßen lag, wie er sich immer wieder gern an seine Mostviertler Jugendzeit erinnerte, von diesen blonden Locken war nur mehr ein sogenannter „Heurigenkranz", wie man in dieser vom Wein dominierten Gegend zu sagen pflegte, übriggeblieben, ein überaus knapp gehaltener Kopfschmuck, dem ein ehemaliger Landeshauptmann zu ewiger Berühmtheit verhalf. „Ein schönes Gesicht braucht eben Platz!", entgegnete Lambert Zuser stets, wenn jemand versuchte, ihn wegen seines schütteren Haarwuchses zu hänseln.

„So ein Spiegel hat schon seine guten Seiten!", dachte Lambert Zuser abermals und hob mit beiden Händen seinen Bierbauch ein wenig an, um das darunterliegende Etwas betrachten zu können. Der direkte Anblick seines Gemächts blieb ihm schon seit mehreren Jahren aufgrund der formvollendeten Krümmung seines Bauches verwehrt, denn um die Kurve schauen konnte selbst ein Lambert Zuser nicht, die tägliche leichte Morgenübung mit dem Anheben desselbigen gab ihm die Gewissheit, dass da unten noch alles da war und seine Richtigkeit hatte. Seine ehelichen Pflichten hatte er längst erfüllt, eine Tochter und einen Sohn in die Welt gesetzt, das musste reichen, und es reichte in der Tat.

„Scheiß Wetter!", zischte Lambert Zuser, als er seinen Blick aus dem Badezimmerfenster schweifen ließ und dicke Schneeflocken im Wind tanzen sah. Letzten Mittwoch war Frühlingsbeginn gewesen und pünktlich auf den Tag hatte sich traumhaftes Wetter eingestellt. Plötzlich war wieder Leben ins Dorf, in die Menschen zurückgekehrt, das vergangene Wochenende präsentierte sich mit herrlichem Sonnenschein und Temperaturen von knapp an die zwanzig Grad, mit einem Mal war wieder etwas los in Kurzenbach, man sah das ganze Dorf ausschwärmen, erste Frühlingsspaziergänge wurden unternommen, der lange und lähmende Winter schien endlich der Vergangenheit anzugehören. Radfahrer in knallfarbiger Sportkleidung traten in die Pedale, um dem angesammelten Winterspeck den Kampf anzusagen, und auch die Nordic Walker, zu denen sich seit vorletztem Jahr auch Lambert Zuser zählten durfte, zählen musste, klapperten wieder durch die Gegend. Auf der Straße vorm Haus der Zusers führte eine der drei Kurzenbacher Nordic Walking-Strecken vorbei, eine absolute Zumutung an einem Sonntagnachmittag, der wohlverdiente Mittagsschlaf wurde durch ständiges Klack-Klack-Klack erheblich gestört. Eigentlich gehörte das in Wohngegenden verboten, Rasen mähen durfte man an einem Sonntag schließlich auch nicht! Und wenn der sonntägliche Mittagsschlaf einmal nicht durch die Nordic Walker unterbrochen wurde, dann war es der geistig umnachtete vis-à-vis-Nachbar, ein frühpensionierter Vizeleutnant des Bundesheeres, der seine Kinder brüllend durch den Garten kommandierte. Mit „Jawoll, Herr Vizeleutnant!" mussten sie jede seiner Marschanordnungen lautstark bestätigen. Es war zum Aus-der-Haut-fahren! An manchen Sonntagen wurde in der Zuserschen Umgebung sowohl gewalkt, als auch marschiert ...

Umständlich mühte sich Lambert Zuser in seine gerippte Unterhose und danach noch umständlicher in sein geripptes Unterhemd. Während die Unterhose noch eine durchaus übliche Handelsgröße hatte, musste er beim Unterhemd schon zu XXL greifen, aber auch dieses „Format" schnürte ihn von Woche zu Woche mehr ein. Seit er sich vom aktiven Fußballsport zurückgezogen hatte, das war mittlerweile fast fünfzehn Jahre her, hatte er pro Jahr ungefähr drei Kilo zugenommen, was ja nicht wirklich viel war, nicht einmal ein Kilogramm Körpergewicht in drei Monaten, wie er jetzt, vor dem Spiegel stehend, nachrechnete, lächerliche fünfundzwanzig Dekagramm pro Monat, aber bei einer Körpergröße von einem Meter fünfundsiebzig waren hundertfünfzehn Kilogramm natürlich zu viel, das musste sich selbst Lambert Zuser eingestehen.

Kaum war dieses herrlich entspannende Frühlingswochenende vorbei, begannen auch schon wieder der Alltag und Ärger des Bürgermeisters und gleichzeitigen Leiters der örtlichen Straßenmeisterei. Nicht weniger als vier Anrufer quälten ihn am Montagvormittag, wann denn endlich dieser verdammte Streusplitt von den Kurzenbacher Straßen entfernt werden würde, jetzt wo der Frühling endlich Einzug gehalten hatte. Eine Radfahrerin war in einer Kurve gestürzt und hatte sich die Hand gebrochen, ein Mountain Biker war ebenfalls aufgrund des Streusplitts ins Rutschen gekommen, hatte sich an einem Strauch die Jacke zerrissen und verlangte Schadenersatz, und zwei weitere Dorfbewohner hatten erbost angerufen, weil vorbeifahrende Fahrzeuge den unnötig herumliegenden Streusplitt aufgewirbelt und dadurch einen Sprung in der Windschutzscheibe ihres neuen Fahrzeuges bzw. Lackschäden an der Beifahrertür verursacht hatten.

Um die Socken anzuziehen musste Lambert Zuser auf dem ungemütlichen Plastiksessel neben der Badewanne Platz nehmen, der unter seinem Gewicht verdächtig ächzte. Gemächlich drückte er einen dicken Streifen wohlriechender Hirschtalg-Pflegecreme aus der Tube, um damit seine strapazierten Fußsohlen vor Schweißgeruch zu schützen. Dieses Eincremen war die zweite Fitnessübung eines jeden neuen Tages, denn dafür musste er jeweils einen Fuß auf das Knie des anderen Beines anheben, um so seine Fußsohle zu erreichen. Ebenso verhasst waren ihm ähnliche Tätigkeiten wie Zehennägel schneiden, denn davon bekam er regelmäßig fürchterliche Rückenschmerzen. Aber für Pediküre fühlte er sich mit seinen siebenundfünfzig Jahren noch eindeutig zu jung, auch wenn letztes Jahr eine aus Wien zugezogene äußerst attraktive, junge Unternehmerin am Hauptplatz ein Fußpflegestudio eröffnet hatte, wie einige Männer der Stammtischrunde regelmäßig ins Schwärmen gerieten – „net unsauber“, der fachkundige Kommentar der Kurzenbacher, was so viel bedeutete, wie, dass sie eigentlich sehr fesch war. In der Zuserschen Welt war Pediküre etwas für alte Frauen und nicht für gestandene Mannsbilder. Er hatte ja seine Zeit nicht gestohlen!

Dass der Winter noch nicht vorbei wäre, hatte er die Anrufer am Montagvormittag vertröstet, und wie Recht er gehabt hatte. Nicht auszumalen gewesen, wenn er, wie von einigen vehement gefordert, letzten Freitag die Straßen vom Rollschotter hätte räumen lassen. Genau diese Leute, Lambert Zuser ballte zum Zeichen der Selbstbestätigung beide Fäuste, genau diese Leute hätten heute sicher wieder angerufen und sich beschwert, warum bei so einem Sauwetter kein Streusplitt auf den Straßen lag, eine einzige Eislaufbahn wäre das und überhaupt. Lambert Zuser war stolz auf seinen sechsten Sinn und seinen Mostviertel-Sturschädel.

Noch immer am ungemütlichen Plastiksessel sitzend mühte sich Lambert Zuser in die neue Anzughose, die ihm seine Hannelore zu Weihnachten hatte schneidern lassen. Das Einkaufen von Bekleidung war ihm im Laufe der Jahre zur Qual geworden, wie gut, dass es Geburtstag und Weihnachten gab, wie gut, dass die beste Freundin seiner Frau gelernte Schneiderin war. Ja, in dieser neuen Hose fühlte er sich wohl, und auch das dazugehörige Sakko passte ihm gut und würde ihm wahrscheinlich auch noch die nächsten zwei, vielleicht sogar drei Jahre nicht zu eng werden.

Wäre er „nur“ Leiter der örtlichen Straßenmeisterei gewesen, dann hätten ihn diese Anrufe ziemlich kalt gelassen, dann wäre ihm vielleicht auch gelegentlich ein unfreundliches Wort über die Lippen gekommen, aber als Bürgermeister von Kurzenbach durfte er sich das natürlich nicht erlauben, noch dazu, wo in einem guten halben Jahr Gemeinderatswahlen anstanden, bei denen es auf jede Stimme ankommen würde. Die Leute hatten ein gutes Gedächtnis, da galt es, bei der Wortwahl behutsam zu sein, da konnte man nicht einfachen sagen, was man sich dachte.

Ein paar Wochen vor der letzten Wahl hatte ihn die alte Huber, die betagte Witwe des langjährigen, verdienstvollen Vizebürgermeisters Dr. Ferdinand Huber und gleichzeitig zweitnervigste Frau im Dorf nach seiner Schwiegermutter, allen Ernstes angerufen und sich über den täglichen Hundekot im Grünstreifen vor ihrem Haus beschwert. Der Schäferhund vom Schranz, dem freiheitlichen Nachwuchspolitiker, das Hundsviech von diesem blauen Ungustl würde ihr jeden Tag absichtlich vors Haus scheißen, wie sich die feine Vizebürgermeisterwitwe ganz und gar nicht fein ausdrückte.

Tagelang wurde Lambert Zuser von der alten Huber mit Telefonanrufen bombardiert. Als er völlig entnervt nicht mehr abhob, sobald er ihre Nummer am Display sah, stand sie eines Tages in seiner Sprechstunde und forderte mit aller Vehemenz die Installation eines Gackerlsackerlautomaten im Grünstreifen vor ihrem Haus. In ihrer Verzweiflung drohte sie, bei der bevorstehenden Bürgermeisterwahl – ihr seliger Ferdinand möge ihr verzeihen – die Roten zu wählen ...

Lambert Zuser hasste Hemden und ganz besonders hasste er weiße Hemden, denn immer wenn er ein weißes Hemd tragen musste, bedeutete das, er war in offizieller Bürgermeistermission unterwegs, und das verlangte auch nach einem „Strick“, wie er seine ungeliebten Krawatten bezeichnete. Und Mittwoche waren in der Regel „Stricktage“, außer sie fielen auf einen Feiertag, was in Österreich aber nur sehr selten vorkam. An Mittwochen hielt der Bürgermeister von Kurzenbach seine Sprechstunde ab, eigentlich „Sprecheineinhalbstunden“, denn im Laufe der Jahre hatte es sich stillschweigend eingebürgert, dass er nicht erst von acht Uhr bis neun Uhr ein offenes Ohr für die Anliegen seiner Schäfchen haben musste, sondern bereits ab sieben Uhr dreißig, um es noch mehr Menschen, vor allem den Pendlerinnen und Pendlern, zu ermöglichen, ihn frühmorgens schon zu quälen.

Zum Glück waren unterm letzten Weihnachtsbaum auch drei neue, blütenweiße Hemden gelegen, die äußerst angenehm zu tragen waren. Selbst der oberste Knopf ließ sich mühelos zumachen, und was überhaupt das Beste war – Lambert Zuser hatte nicht das beklemmende Gefühl augenblicklich ersticken zu müssen. Und einen roten Kopf wie ein Truthahn bekam er auch nicht davon. Das Unglaublichste an diesen drei Hemden jedoch war, dass sie ein Geschenk seiner, für gewöhnlich unausstehlichen, Schwiegermutter waren. So viel Feingefühl hätte er ihr nie zugetraut!

Drei Tage vor der letzten Gemeinderatswahl wurde dann tatsächlich der erste Kurzenbacher Gackerlsackerlautomat im Grünstreifen vorm Haus der Vizebürgermeisterwitwe Johanna Huber seiner Bestimmung übergeben. Er, Bürgermeister Lambert Zuser, hatte höchstpersönlich im Lagerhaus der acht Kilometer entfernten Nachbargemeinde Wegendorf diesen verdammten Automaten gekauft, und ein Mitarbeiter des örtlichen Bauhofes hatte die ehrenvolle Aufgabe, ihn aufzustellen. Gemeindesekretär Wagner war bei diesem historischen Ereignis ebenfalls vor Ort, um die Bürgernähe des Kurzenbacher Bürgermeisters für die nächste Ausgabe der Gemeindezeitung fotografisch festzuhalten. Und natürlich war es auch kein Nachteil, dass drei Tage vor der Wahl ein Facebook-Posting den tier- und ordnungsliebenden Bürgermeister mit der zufriedenen Gemeindebürgerin Johanna Huber samt ihrem zutraulichen Dackel Florian und dem hilfsbereiten Bauhofmitarbeiter Schrammel zeigte – „Gemeinsam für ein lebenswertes Kurzenbach!“

Auch wenn die neuen Hemden noch so angenehm zu tragen waren, die lästige Krawatte ersparten sie ihm dennoch nicht. Für die Sprechstundentage wählte Lambert Zuser stets seine blaugelbe Niederösterreich-Krawatte, ein Geschenk des früheren Landeshauptmanns anlässlich seines zwanzigjährigen Bürgermeister-Jubiläums vor zwei Jahren. Wenn er im Herbst noch einmal zum Bürgermeister von Kurzenbach gewählt werden würde, dann stünden die Chancen gut, der am längsten dienende Bürgermeister von ganz Niederösterreich zu werden. „Aber bis dahin ist es noch ein steiniger Weg“, seufzte Lambert Zuser, während er das Hemd in die Anzughose stopfte und den Gürtel festzog. Und ob es dann wieder eine besondere Niederösterreich-Krawatte geben würde, war ihm herzlich egal.

Wer gedacht hatte, dass sich mit der Montage des Gackerlsackerlautomaten vorm Haus der Johanna Huber alle Probleme in Luft aufgelöst hatten, irrte gewaltig. Der Schranzsche Köter, von seinem Herrl allmorgendlich an die frische Luft gesetzt, düngte den Grünstreifen vorm Huber-Haus mit hartnäckiger Regelmäßigkeit, seinem Besitzer war der aufgestellte Automat vermutlich noch gar nicht aufgefallen, und so blieb der alten Frau Huber nichts anderes übrig, als jeden Vormittag ein Sackerl aus dem Automaten zu ziehen, um den neuesten Hundekot dingfest zu machen. Den Bürgermeister oder den Bauhof oder gar die Straßenmeisterei konnte sie damit ja nicht behelligen – das leuchtete selbst der alten Huber ein.

Für Bürgermeister Lambert Zuser jedenfalls war das Thema erledigt, die Angelegenheit bereinigt, wenn man so wollte, er hatte eine Wählerstimme gerettet, ja, gekauft hatte er sie genau genommen, die Politik war schon ein schmutziges Geschäft, im wahrsten Sinne des Wortes, dachte er, aber man musste eben seine Opfer bringen, und das seine hatte er in diesem Fall zweifellos erbracht, der bürgernahe Bürgermeister von Kurzenbach!

Nur hatte er die Rechnung ohne die alte Huber gemacht, denn selbstverständlich ist so ein Gackerlsackerlautomat keine immerwährende Wundertüte, und so kam es wie es kommen musste, und ein paar Wochen nach der Wahl tauchte die Vizebürgermeisterwitwe wieder in der Sprechstunde des Bürgermeisters auf, um ihrer Verzweiflung Ausdruck zu verleihen, dass die Sackerl aus waren.

Seit fast fünf Jahren spielten sie mittlerweile schon dieses Spiel, die alte Huber und der Bürgermeister, zumeist rief sie ihn am Handy an, manchmal, wenn die Sackerl ausgerechnet an einem Mittwochmorgen ausgegangen waren, tauchte sie höchstpersönlich in der Sprechstunde auf, gelegentlich suchte sie den Bürgermeister auch privat heim, wie zuletzt vor drei Wochen an einem Sonntagmittag. Die Familie Zuser saß gerade beim Festmahl, Rindsbraten mit Rotkraut und Serviettenknödel, die Leibspeise des Hausherrn, als plötzlich die alte Huber mitten im Esszimmer stand …

„Herr Bürgermeister, i mechat Ihna jå net stearn, åwa de Sackerl waradn wieda aus! I woit net aunruafn am Sunntåg, drum håb i ma dåcht, i schau kurz vorbei. Wissen S', segn tua i de Hundstrümmerln jå nimma so richtig, åwa riachn tua i s' scho no!" Und zur Demonstration ihres einwandfrei funktionierenden Riechorgans zog sie kräftig mit der Nase auf. „Måhlzeit! Und no an scheen Sunntåg! Auf Wiedaschaun, Herr Bürgermeister, entschuidign Sie die Störung, nix fia unguat!"

Lambert Zuser verdrehte die Augen, aber es war ihm sonnenklar, dass er am nächsten Tag wieder einen Abstecher ins Lagerhaus nach Wegendorf machen musste, um sich sein Seelenheil zu erkaufen.

Zweiundneunzig war sie im Jänner geworden, die alte Huber, und kein Ende in Sicht!

2. Kapitel

Es war einer der heißesten Sommertage des Jahres 1960, als Lambert Zuser auf einem kleinen Bauernhof im Mostviertel das Licht der Welt erblickte, drückend schwül, eine ungewöhnlich brütende Hitze mitten im August. Hausgeburten standen damals an der Tagesordnung, Lambert Zuser kam im selben Bett zur Welt wie sein Bruder Jakob knapp ein Jahr davor. Die Wehen hatten am frühen Nachmittag eingesetzt, die Hebamme wartete geduldig am Bett von Maria Zuser, sie mit kalten Umschlägen gegen die unerträgliche Hitze versorgend und gleichzeitig mit einem Fliegenpracker die lästigen Insekten vertreibend – klatsch, klatsch, klatsch.

Klatsch, klatsch, klatsch tönte es auch aus dem Wohnzimmer der Zusers. Hausherr Roman Zuser saß mit ein paar Nachbarbauern vorm Schwarzweißfernseher – die Zusers waren die einzigen im Dorf, bei denen diese neuartige technische Errungenschaft bereits Einzug gehalten hatte, – und die illustre Männerrunde verfolgte gebannt das Boxfinale der Olympiade in Rom im Halbschwergewicht bis 81 Kilogramm. Der polnische Favorit Zbigniew Pietrzykowski stellte sich einem achtzehnjährigen US-Amerikaner namens Cassius Clay. Dieser Cassius Clay war bis zu den Olympischen Spielen in Rom in Europa völlig unbekannt, doch hatten ihn seine Siege in der Ewigen Stadt zu einem der Titelanwärter gemacht. Gegen Zbigniew Pietrzykowski, der dem Amerikaner körperlich überlegen war, hatte Cassius Clay in der ersten Runde große Schwierigkeiten. Im Laufe des Kampfes gewann Clay aber durch seine ausgefeilte Technik und vor allem durch seine Schnelligkeit die Oberhand und siegte einstimmig nach Punkten. Dieser 18. August 1960 war die Geburtsstunde eines Mythos, der als Muhammad Ali in die Sportgeschichte eingehen sollte.

An diesem 18. August 1960 fand auch die Geburtsstunde von Lambert Zuser statt, einem strammen Jungen von 48 Zentimetern Körpergröße und einem Gewicht von 3,27 Kilogramm. Die Schmerzensschreie von Maria Zuser gingen im Gebrüll der Dorfbauern unter, mit jeder eingeläuteten Runde im Boxfinale von Rom wurde auch eine Runde Birnenbrand eingeschenkt, den der Schachinger-Bauer selbst gebrannt hatte. Das Ende jeder Runde wurde ebenfalls mit einem Schnaps begossen und die Verkündigung des Endergebnisses sowieso.

Der Wallner-Bauer hatte als feste Unterlage Speck, Geselchtes und Käse mitgebracht und der Vierte im Bunde, der Tumler-Bauer, der Hadscherte, wie ihn alle wegen seiner im Krieg erlittenen Fußverletzung nannten, steuerte das Brot bei, das ihm seine Anschi am Vormittag frisch gebacken hatte.

Vergeblich versuchte die Hebamme den Zuser-Bauern ins Schlafzimmer zu seiner gebärenden Frau zu locken, immer war es gerade ganz besonders spannend in Rom, und die blöden Sprüche der Nachbarbauern waren auch nicht gerade förderlich. „Geh, der Gschråpp kummt eh von alanich!“ oder „Geh bleib då, Zuser-Bauer, de Olympiade is nur älle vier Joah!“ waren noch die harmlosesten Kommentare.

Als der Boxkampf endlich vorbei war, das Wohnzimmergebrüll verebbt, und bereits sieben mal vier Schnäpse in die gestandenen Mostviertler Bauern gefahren waren, getraute sich die Hebamme, den Hausherrn von der geglückten Geburt eines gesunden Sohnes in Kenntnis zu setzen. Augenblicklich hob das verstummte Gebrüll wieder an – „Prost, Roman! Des gheart gfeiert!“ – und die nächste Runde Schnaps wurde eingeschenkt. „Kumm, zag uns dein Buam“, verlangte der Hadscherte, „des wird sicha amoi a Boxer!“, und Augenblicke später war die schon reichlich illuminierte Runde um das Bett von Maria Zuser versammelt. „Mei Bua!“, trieb es dem Zuser-Bauern die Tränen in die Augen, vielleicht war es auch der Alkohol, als er seinen neugeborenen Sohn in die Arme nehmen durfte. „Des hauma guat hinkriagt!“, fügte er stolz hinzu, bevor er seinen Sohn wieder in die Obhut der Mutter zurückgab. Als Zeichen seiner Zufriedenheit gab es einen Kuss auf die Stirn von Maria Zuser. Eine seltene Liebesbekundung, noch dazu in Anwesenheit seiner Freunde.

„Roman, so kennma di goa net!“, meinte der Schachinger-Bauer überrascht. „Jå, er håt hålt a an wachn Kern, unsa Roman!“, grinste der Hadscherte und bevor es für ihn zu peinlich werden konnte, verkündete der sichtlich gerührte Zuser-Bauer „Auf des trink ma jetzt!“ und drängte seine Freunde zurück ins Wohnzimmer.

Lambert Zuser glich seinem Bruder Jakob wie ein Ei dem anderen. Die blonden Locken, die fröhlichen, blauen Augen, das aufgeweckte Wesen – die beiden Buben waren bald im ganzen Dorf beliebt. Dass ihnen die Mädels einmal reihenweise zu Füßen liegen werden, wurde ihnen schon damals prophezeit.

Jakob und Lambert Zuser verbrachten eine unbeschwerte Kindheit. Der elterliche Bauernhof mit den dazugehörigen Haustieren – ein Hund, zwei Katzen, jede Menge Hühner und ein paar Schweine – bot ausreichend Abwechslung, das weite Anwesen der Zusers mit an die zweihundert Apfel- und Birnbäumen war den beiden eine ideale Spielwiese. Dass sich ihre Eltern längst auseinander gelebt hatten, davon bekamen die beiden Buben nichts mit, von den nächtlichen Ausflügen des Vaters ebenso wenig wie von den einsamen, tränenreichen Nächten der Mutter.

Der Zusersche Bauernhof stand auf einer Anhöhe, an schönen Tagen konnte man bis nach Amstetten sehen, wie ein gewellter, grüner Samtteppich breitete sich das Mostviertel gegen Norden hin aus. Lambert Zuser liebte es schon als Kind, einfach nur dazusitzen und in die Natur zu starren. Die schier unendliche Weite des Mostviertels war ihm seine erste große Welt. Und wenn es abends wurde, das Mostviertel zunächst in Grau und dann in Schwarz getaucht wurde, und mit einem Mal immer mehr Lichter aufflackerten, dann hatte er das Gefühl, vor einem überdimensionalen Fernseher zu sitzen.

Jakob und Lambert Zuser waren von frühester Kindheit die landwirtschaftliche Arbeit am elterlichen Hof gewohnt. Das Füttern der Hühner, das Ausmisten des Schweinestalls, das Einsammeln der abgefallenen Äpfel und Birnen im Herbst, dazu brauchte es keine qualifizierten Arbeiter, das konnten auch ein Sieben- und ein Sechsjähriger nach der Schule erledigen. Die Aussicht auf ein paar zusätzliche Fernsehminuten war ein unausgesprochener Deal, der für beide Seiten lukrativ war.

Dann kam das Jahr 1968, und in diesem Jahr sollte sich vieles ändern. In der großen weiten Welt tobte der Vietnamkrieg, russische Panzer beendeten den Prager Frühling, Martin Luther King wurde ermordet, überall Studentenproteste – das, was der Schwarzweißfernseher ins Wohnzimmer der Familie Zuser lieferte, war alles andere als erfreulich, doch zum Glück fand es weit weg statt.

Aber auch das Leben der Familie Zuser sollte in diesem Jahr aus allen Fugen geraten. Begonnen hatte es im Mai, als der Vater von Roman Zuser, Lamberts Großvater, Jakob Zuser plötzlich im Alter von siebzig Jahren verstarb. Der alte Zuser war völlig gesund, „pumperlgsund", wie er selbst immer wieder betonte, ein von Tatendrang erfüllter, quirliger, alter Bauer, doch von einer Sekunde auf die andere wollte sein gsundes Pumperl einfach nicht mehr.

Roman Zuser bestand darauf, seine Mutter, die vierundsiebzigjährige Amalie Zuser, zu sich auf den Bauernhof zu holen, zurück dorthin, wo sie aufgewachsen war. Zum einen würde man gut um sie sorgen können, zum anderen konnte sie bei der Erziehung der beiden Buben behilflich sein und seine Frau bei der Arbeit am Hof entlasten. Jakob, der ältere der beiden Buben, würde im September in die vierte Klasse Volksschule kommen, der um ein Jahr jüngere Lambert in die dritte Klasse, und da in ein paar Monaten ja auch die Ernte anstand, würde ihnen die Anwesenheit von Amalie Zuser bestimmt gute Dienste leisten.

Es war in jener Zeit, im Frühsommer 1968, als Lambert Zuser seine Eltern erstmals streiten hörte. Fast täglich musste er nun das weinerliche Geschrei seiner Mutter und das laute Gebrüll seines Vaters, der keinen Widerspruch in seiner Familie duldete, mit anhören. Tagsüber lief Lambert aus dem Haus, hinunter zu den Obstbäumen oder versteckte sich im Hühnerstall. Nachts vergrub er seinen Kopf unter der Decke und hielt sich die Ohren zu. Lambert bekam nicht mit, um was genau es in den ständigen Auseinandersetzungen ging, nur so viel, dass es etwas mit seiner Großmutter zu tun hatte.

Mitte Juli zog Amalie Zuser am Bauernhof ihres Sohnes, dort, wo sie aufgewachsen war, ein. Er hatte einen leer stehenden Raum, eigentlich eine Rumpelkammer, notdürftig adaptiert und einen kleinen Holzofen für den Winter besorgt. Mit Traktor und Anhänger und mit Hilfe des Wallner-Bauern und des Schachinger-Bauern karrte er das Ehebett der Amalie Zuser sowie ein paar alte Schränke, einen kleinen Tisch und zwei Stühle heran, um seiner Mutter einen schönen Lebensabend im Kreise seiner Familie zu ermöglichen.

Ende Juli 1968 starb der Hadscherte. Es war ein tragischer Unfall. Walter Tumler, der sich in den letzten Jahren einen florierenden Landmaschinenhandel mit einem Kundenstock im gesamten Mostviertel aufgebaut hatte, wurde von einem seiner Traktoren überrollt. Für den Einundfünfzigjährigen kam jede Hilfe zu spät. Das Begräbnis, zu dem, wie es schien, das halbe Mostviertel pilgerte, war bereits das zweite, das der knapp achtjährige Lambert Zuser innerhalb kürzester Zeit miterleben musste. Nie würde er den Anblick der Tumler-Witwe vergessen können, die von Wein- und Schreikrämpfen geschüttelt, ihrem Walter am liebsten ins offene Grab nachgesprungen wäre.

Es war zwei Tage vor Lamberts achtem Geburtstag, als der nächste Schicksalsschlag über die Familie Zuser hereinbrach. Die Buben hatten den Nachmittag am Bach verbracht, der mitten durchs Grundstück mit den Apfel- und Birnbäumen führte, mit Steinen und Ästen einen kleinen Damm gebaut und das Wasser aufgestaut, um sich ein wenig Abkühlung im kühlen Nass zu verschaffen. Es war ein sorgloser Nachmittag, der nur durch ein herannahendes Gewitter etwas getrübt wurde. Gegen fünf Uhr wurde das Donnergrollen immer lauter, so dass die Buben beschlossen, den Hang hinauf nach Hause zu laufen.

Am Hof angekommen stürmten sie ins Wohnzimmer und erstarrten. Vater und Großmutter saßen schweigend am Tisch. „Jakob und Lambert, setzt euch her, ich muss euch etwas sagen …"

Beim Mittagessen hatte Lambert seine Mutter das letzte Mal in seinem Leben gesehen. Es gab Spinat, den er ebenso wie sein Bruder nicht besonders mochte, dazu Erdäpfel und immerhin ein Spiegelei. Seit diesem Tag verabscheute Lambert Zuser Spinat noch mehr und er hatte es seiner späteren Frau Hannelore verboten, ihm jemals dieses grüne Zeugs vorzusetzen. Die Erinnerungen an seine Mutter wären zu schmerzhaft gewesen.

Nie erfuhren sein Bruder Jakob oder er, was aus ihr geworden war. Vater erzählte einmal, sie wäre zu Verwandten nach Wien gezogen, doch von solchen Verwandten in Wien hatte Lambert nie etwas gehört, alle Familienangehörigen, die er kannte, waren väterlicherseits.

Die großen Ferien waren vorüber, seit vier Tagen mussten Jakob und Lambert die drei Kilometer Schulweg wieder auf sich nehmen, um in die Volksschule im Nachbarort zu gelangen, da zog eines Nachmittags ein heftiges Gewitter auf. Es war viel zu warm für Anfang September, der Wetterbericht hatte vor Unwettern mit Sturmböen und Hagel gewarnt und ausnahmsweise schien er Recht zu haben.

Jakob und Lambert hatten zur selben Zeit Unterrichtsende und warteten im Hof vor dem Schulgebäude aufeinander, um den Heimweg gemeinsam anzutreten. Der starke Wind ließ die Bäume im Schulhof bedrohlich schwanken, die beiden Buben blickten verängstigt zum Himmel, der sich in eine eigenartig gelbrosafarbene Wand verwandelt hatte. Die beiden gingen gerade beim schmiedeeisernen Schultor hinaus, als sie Vaters Opel heranbrausen sahen. „Schnö, Buam, steigts ei!", rief er ihnen aufgeregt zu, „jetzt geht's båld rund!" Wie der geölte Blitz jagte der alte Opel über die Straßen, die ersten Äste wurden von den Bäumen gerissen, fast hätte eine Sturmböe das Fahrzeug in einen Graben gedrängt. Nach wenigen Minuten erreichten sie den heimatlichen Hof, wo Großmutter Amalie schon voller Sorge wartete. Vater parkte noch rasch den Wagen in der Garage, einen Augenblick später saßen sie zu viert beim Küchentisch und beteten.

Den ganzen Nachmittag und die gesamte Nacht wütete ein Orkan über das Mostviertel, an ein Schlafen war nicht zu denken, egal, die Schule würde morgen ohnehin geschlossen bleiben. Immer wieder hörte man Dachziegel, die, vom Sturm losgerissen, auf dem betonierten Innenhof aufschlugen. Dass das die Strafe Gottes sei, murmelte die Großmutter immer wieder. Als Lambert einmal wagte nachzufragen, welche Strafe und wofür, fuhr sie ihn an, dass er endlich schlafen soll, er würde das nicht verstehen.

Am nächsten Morgen, es war ein Freitag, lachte die Sonne wieder vom Himmel, und kein Lufthauch war zu spüren, gerade so, als wäre nichts passiert. Roman Zuser und seine beiden Söhne standen vorm Haus und starrten stumm den Hügel hinunter auf eine Armee geknickter und entwurzelter Apfel- und Birnbäume. „Des wår 's!", sagte Roman Zuser ohne jegliche Gefühlsregung, ging zurück ins Haus und schenkte sich einen doppelten Birnenbrand ein.

3. Kapitel

Fünf Minuten nach halb acht parkte Lambert Zuser seinen Geländewagen am Bürgermeisterparkplatz vorm Gemeindeamt und fluchte leise vor sich hin. Die überraschende Rückkehr des Winters hatte die Kurzenbacher Straßen mit einer fünf Zentimeter dicken Schneedecke überzogen und für ein mittleres Verkehrschaos gesorgt. Ein paar unverbesserliche Idioten – Lambert Zuser fand keinen anderen Ausdruck dafür – hatten am vergangenen Wochenende bereits die Sommerreifen montiert, und einer von diesen Deppen war auf der Hauptstraße ins Schleudern geraten und quer zur Fahrtrichtung in einem Schneehaufen zum Stillstand gekommen. Da Lambert Zuser blöderweise der erste Autofahrer war, der von dieser ungewollten Straßensperre betroffen war, blieb ihm nichts anderes übrig, als auszusteigen, um dem anderen Fahrzeuglenker, den er im Übrigen gar nicht kannte, zu helfen und ihn aus seiner misslichen Lage zu befreien. Gemeinsam schafften sie es unter höchster Kraftanstrengung, den Wagen wieder auf die richtige Fahrbahnseite zu schieben, einmal wäre Lambert Zuser beinahe ausgerutscht, nicht auszumalen, wenn er sich wegen dieses Idioten seine neue Anzughose beschmutzt oder gar zerrissen hätte. Es genügte, dass er zu spät in seine Sprechstunde kam, aber wie er richtig vermutete, wartete ohnehin noch niemand auf ihn.

„Guten Morgen, Herr Bürgermeister!“ – Gemeindesekretär Wagner war das Pflichtbewusstsein in Person und saß bestimmt schon seit einer halben Stunde im Büro. Noch nie, soweit sich Lambert Zuser erinnern konnte, war er zu spät in die Arbeit gekommen, auf den guten Wagner war wirklich immer Verlass. „Guten Morgen, Franz!“, Lambert Zuser duzte seinen Gemeindesekretär seit jeher, wogegen der ihn stets mit „Herr Bürgermeister“ anredete. „Hat sich wer angemeldet?“, wollte Lambert Zuser wissen, während er seinen Hut abnahm, den Mantel auszog und beides in frühmorgendlicher Gemächlichkeit auf den Kleiderständer hängte. „Ja, die Wajgl und der Hammerer!“ „Wås wolln denn de zwa?“, runzelte der Bürgermeister erstaunt die Stirn. „Keine Ahnung“, erwiderte der Gemeindesekretär, „aber sie haben sich nicht gemeinsam angemeldet. Die Wajgl kommt um acht und der Hammerer um halb neun!“

Anna-Lena Wajgl war vor knapp drei Jahren von Salzburg nach Kurzenbach gezogen, Lambert Zuser hatte keine Ahnung warum. Er konnte sich nicht vorstellen, warum man nach Kurzenbach ziehen konnte, noch dazu, wenn man vorher in Salzburg gelebt hatte. Dass sie wegen einer angeblichen Affäre ins Kurztal gekommen war, wurde eine Zeitlang im Dorf gemunkelt, aber da zu so einer Affäre bekanntlich mindestens zwei gehörten, man in diesem Fall aber nur die Wajgl je zu Gesicht bekam, verstummten die Gerüchte bald wieder. Danach gab man sich mit dem bloßen Wissen zufrieden, dass sie einfach nach Kurzenbach gezogen war und hier einen Töpferladen betrieb, der mehr schlecht als recht lief. Speziell in den Wintermonaten verirrte sich so gut wie niemand in das kleine Geschäft am Hauptplatz. Zwischen Weihnachten und Ostern hätte die Wajgl genauso gut geschlossen haben können, es wäre niemandem sonderlich aufgefallen. Aber immerhin hatte sie an einem Mittwochvormittag Zeit, sich für die Sprechstunde des Bürgermeisters anzumelden und ihm so seine kostbare Zeit zu stehlen …

Was der Hammerer von ihm wollte, konnte er sich genauso wenig vorstellen. Wolfram Hammerer war einer der aufstrebenden Jungwinzer der Gemeinde, einer der Marke Jungbauernkalender, ein richtig fescher Kerl war er, groß, schlank, mit einer blonden Schmalzlocke, die er sich alle paar Sekunden mit der linken Hand aus dem Gesicht strich, immer nach dem neuesten Schrei gekleidet, in Winzerkluft hatte ihn Lambert Zuser tatsächlich noch nie gesehen. Das einer Arbeitskleidung ähnlichste Kleidungsstück, das der Hammerer gelegentlich ausführte, war ein Kalmuck-Janker, der seine Zugehörigkeit zum Berufsstand der Weinhauer andeuten sollte.

„Frau Zorica, bringen Sie mir einen Kaffee, bitte!" Wer wusste, wann die Wajgl und der Hammerer kommen würden, die steckten bestimmt auch im Schnee. „Und bitte mit Milch und Zucker!" Lambert Zuser musste das immer extra erwähnen, die Frau Zorica war die gute Seele der Gemeinde, eine wahre Perle war sie, aber wie er seinen Kaffee haben wollte, konnte sie sich von einem Tag auf den anderen nicht merken.

Drei Anrufe in Abwesenheit – „der Tag fängt ja gut an!", verzog Lambert Zuser das Gesicht und schaute genauer auf das Display seines Smartphones. Keine der drei Nummern hatte er eingespeichert und sie kamen ihm auch nicht bekannt vor, keine Festnetzvorwahl dabei, die auf Bezirks- oder Landespartei schließen ließ, also war es vermutlich kein wichtiger Anruf. Wenn es wirklich pressierte, riefen sie eh wieder an, man konnte ja nicht erwarten, dass ein Bürgermeister rund um die Uhr erreichbar war. Vor acht Uhr früh nahm er aus Prinzip keine Anrufe entgegen, das ließ er gar nicht erst einreißen, wo käme man denn da hin?

„Herr Bürgermeister“, Gemeindesekretär Wagner klopfte an der Tür, „der Hammerer hat angerufen, er kommt erst kurz vor neun, Sie sollen bitte unbedingt auf ihn warten!“ – „Was will der Vogel von mir?“, zermarterte sich Lambert Zuser erneut den Kopf. Bestimmt hatte der Hammerer irgendeine neue Schnapsidee im Kopf, die er noch vor der Wahl umsetzen wollte. Jahrelang grüßten sie einen mit Müh und Not, aber wenn eine Wahl anstand, dann krochen sie aus ihren Löchern und tanzten plötzlich alle mit ihren Ideen und Wünschen an und ersuchten ganz unverbindlich, aber gleichzeitig doch sehr eindringlich, um Unterstützung. „Erpresser!“, fluchte der Bürgermeister vor sich hin. Und wer den alten Hammerer, dieses Scheusal, gekannt hatte, der ahnte schon, dass der Apfel wohl nicht weit vom Stamm gefallen war.

„Herr Birgameista“, klopfte es erneut an der Tür, diesmal war es die unverkennbare, tiefe Stimme von Frau Zorica, die ihm den bestellten Kaffee ankündigte. „Wunderbar, mit Milch und Zucker!“, freute sich Lambert Zuser. Sein Tag schien wieder in geordnete Bahnen zu kommen ...

„Bürgermeister Lambert Zuser, was kann ich für Sie tun?“, meldete er sich pflichtbewusst, als das Telefon just in dem Moment läutete, als er den ersten Schluck von seinem wohlverdienten Kaffee nehmen wollte. „Ja, Guten Morgen, Herr Bürgermeister! Hier Anna-Lena Wajgl. Ich habe heute einen Termin bei Ihnen, aber ich muss vorher noch den Gehsteig freischaufeln, Sie wissen ja. Ich komm erst kurz vor neun. Bis später!" Bevor Lambert Zuser etwas erwidern konnte, hatte diese impertinente Person schon aufgelegt. Wozu strampelte er sich da ab, damit er nahezu pünktlich in seine Sprechstunde kam, wenn die anderen ihre vereinbarten Termine einfach über den Haufen warfen, so wie es ihnen gerade passte? Bürgermeister Lambert Zuser kochte vor Wut. Sein Tag schien wieder zu kippen. „Ruhig Blut!", sagte er sich und nahm einen ersten Schluck von seinem Kaffee.

Einmal würde er noch kandidieren, fünfundzwanzig Jahre Bürgermeister von Kurzenbach, der am längsten dienende Bürgermeister von ganz Niederösterreich wollte er werden, das war seine Motivation, dafür wollte er sich das alles noch einmal antun, dafür würde er sich noch einmal von allen quälen lassen, aber dann würde Schluss sein, dann können sie ihn alle kreuzweise, dann würde er nur mehr an seiner geliebten Kurz sitzen und angeln.

Aber es würde noch ein steiniger Weg werden, dachte Lambert Zuser bereits zum zweiten Mal an diesem Mittwochmorgen. Dabei war ein großes Hindernis bereits aus dem Weg geräumt, hatte sich dieser Stolperstein genau genommen selbst aus dem Weg geräumt. Gemeindearzt Dr. Friedrich Czulak, mit dem ihn eine langjährige Parteifeindschaft verband, hatte vergangenen Herbst angekündigt, am Parteitag im Februar als Gegenkandidat zu Lambert Zuser antreten zu wollen. Mehr als zwanzig Jahre Bürgermeister Zuser wären genug, die Gemeinde wäre schon über die Gebühr abgewirtschaftet worden unter seiner Amtszeit, nicht ein einziges Wirtshaus gab es mehr in Kurzenbach, alles war den Bach hinuntergegangen, es war höchste Zeit für einen neuen Bürgermeister! Unter der Gürtellinie waren die Angriffe des Gemeindearztes, der erst vor zehn Jahren nach Kurzenbach gezogen war und sich seither in der Partei langsam, aber stetig nach oben gedient hatte. Bis zum stellvertretenden Parteiobmann hatte er es in dieser Zeit geschafft und jetzt wollte er ihm, Lambert Zuser, auch noch den Bürgermeisterposten streitig machen!

Die Partei schien in der Tat gespalten. Zwar konnte Lambert Zuser immer noch auf viele Getreue zählen, aber der Gemeindearzt hätte ihm durch seine beruflichen Kontakte und seine nicht zu leugnende Beliebtheit, vor allem bei den Kurzenbacherinnen, ernsthaft gefährlich werden können. Doch bevor die Kandidatur und mögliche politische Karriere von Friedrich Czulak wirklich spruchreif geworden war, war sie auch schon wieder vorbei. Nach einer Weihnachtsfeier war er auf der Heimfahrt von der Polizei angehalten worden – 1,4 Promille Alkohol im Blut, Führerschein weg und als potentieller Bürgermeister von Kurzenbach natürlich untragbar. Als tags darauf durchsickerte, dass ein anonymer Anruf bei der Polizei in Wegendorf eingegangen war, der den Gemeindearzt als verantwortungslosen Autolenker denunziert hatte, der sich betrunken an das Steuer seines Fahrzeuges gesetzt hatte, trat Dr. Friedrich Czulak, der den Amtsinhaber als Vernaderer vermutete, noch am selben Tag von seinen Funktionen zurück und aus der Partei aus.

Auch wenn Lambert Zuser mit dieser Sache nichts zu tun hatte, wie er bei jeder sich bietenden Gelegenheit betonte, kam sie ihm nicht ungelegen, denn so hatte er ohne Aufwand und äußerst elegant einen unangenehmen Gegenkandidaten hinter sich gelassen.

Das war ein Theater und ein Trara, als am Tag nach der leidigen Führerschein-Geschichte gegen halb sieben Uhr abends plötzlich an der Haustür der Familie Zuser Sturm geläutet wurde, und ein fuchsteufelswilder Gemeindearzt die wüstesten Beschimpfungen vom Stapel ließ, noch bevor jemand es hätte wagen können, die Haustür zu öffnen. Was für ein Arschlochverein diese Partei doch war. und das größte Arschloch klebte an seinem Bürgermeistersessel wie die fetteste Made im Speck! Der Gemeindearzt konnte sich überhaupt nicht mehr einkriegen. Lambert Zuser tat gut daran, die Haustür nicht zu öffnen, ja, sich überhaupt nicht als anwesend zu erkennen zu geben. „Wird sich schon wieder beruhigen, der alte Choleriker!", dachte er und lachte sich insgeheim ins Fäustchen.

„Wahrscheinlich", vermutete Lambert Zuser, „hat den Czulak ein gehörnter Ehemann angeschwärzt", der Gemeindearzt war ja bekannt für die eindringlichen Untersuchungen mancher Patientinnen, Hausbesuche inkludiert. Es hätte ihn, den Zuser, nicht gewundert, wenn da mal einer durchgedreht wäre, und der Czulak konnte ja noch von Glück reden, dass ihm der nicht gleich den Kragen umgedreht hat.

Sicher, es hätte auch einer aus der Partei gewesen sein können, der den Czulak angeschwärzt hatte, da gab es schon ein paar Ehrgeizige, vor allem die Jüngeren, die sich beweisen wollten, um vielleicht auch noch auf die Kandidatenliste für die Gemeinderatswahl zu kommen, aber er,

Lambert Zuser, verdienstvoller und langjähriger Bürgermeister von Kurzenbach, wusste von nichts dergleichen und hätte auch nie und nimmer jemanden mit einer derartigen Hinterhältigkeit beauftragt.

Jedenfalls war Vorsicht geboten! Der Czulak hatte in seiner unbändigen Wut Rache geschworen und prophezeit, alle Hebel in Bewegung zu setzen, um die Wiederwahl des Bürgermeisters zu verhindern. Lambert Zuser war gewarnt. Zumindest bis zur Gemeinderatswahl würde er Alkohol und Autofahren ganz strikt trennen. Zwar bewegten sich in dieser weinlastigen Gegend fast alle mehr oder weniger besoffen durch die Straßen, vor allem in der Nacht, man durfte sich nur nicht von der Polizei erwischen lassen und vor allem durfte einem nicht der Führerschein abgenommen werden, denn das ging dann doch über den sogenannten Kavaliersdelikt hinaus. Die zwei, drei oder mehr täglichen Gläser Wein gehörten in Kurzenbach und bestimmt nicht nur hier einfach zum guten Ton, man konnte in einer Region, in der viele Menschen vom Weinbau lebten, sich diesem edlen Getränk ja nicht verwehren, das wurde maximal in der Fastenzeit toleriert, ein angebotenes Glas Wein abzulehnen, war ein Fauxpas, eine Beleidigung, so etwas durfte nicht passieren, so etwas konnte den Winzer oder den Wirten kränken, im schlimmsten Fall konnte man da als Bürgermeister und Spitzenkandidat eine Wählerstimme verlieren.

Der Czulak würde sich schon wieder beruhigen, war sich Lambert Zuser sicher. Seit der Führerscheinabnahme waren schon mehr als drei Monate vergangen, und er hatte nichts mehr von seinem vermeintlichen Gegenkandidaten gehört. Bald würde der Gemeindearzt wieder in seinem himmelblauen GLA Offroader Mercedes seine beliebten Hausbesuche abstatten, dann war „Friederich, der Wüterich“ bestimmt zur Gänze besänftigt.

Acht Uhr vierundvierzig war es mittlerweile geworden, Bürgermeister Zuser saß bereits eine Stunde völlig verwaist in seinem Sprechstundenbüro. Draußen probte der Winter immer noch den Aufstand, dicken Flocken klatschten gegen das Fenster, Lambert Zuser war froh, zumindest nicht zu Hause zu sein, seine Hannelore und seine Schwiegermutter wären ihm bestimmt schon längst in den Ohren gelegen, er möge doch endlich den Gehsteig freischaufeln oder zumindest die Straßenmeisterei damit beauftragen.

„Herr Bürgermeister!“, riss ihn Gemeindesekretär Wagner aus seinen winterlichen Gedanken, „der Hammerer wär’ jetzt da!“

4. Kapitel

Hannelore Zuser saß in ihrem honigfarbenen Morgenmantel beim Frühstückstisch und genoss in aller Ruhe ihren zweiten Kaffee. Ihr Gatte Lambert war schon vor einer Stunde ins Gemeindeamt gefahren, er hatte wie jeden Mittwochmorgen Bürgermeister-Sprechstunde, und ihre Mutter Eleonore hatte sich zur morgendlichen Pflege in Richtung Badezimmer verabschiedet, ein Zeremoniell, das Hannelore Zuser jeden Tag eineinhalb Stunden absolute Ruhe im Haus bescherte.

In gut drei Wochen würde sie mit ihren neuesten Bildern eine Vernissage in der Bäckerei Weber, genauer gesagt, im angeschlossenen Kaffeehaus haben. Die Auswahl der Bilder musste sie erst treffen, so zwischen zwölf und fünfzehn Exponate würden im Café Platz finden, da hatte sie noch knapp drei Wochen Zeit, sich zu entscheiden, die Bilder würden ohnehin erst am Tag der Vernissage gehängt werden. Was sie allerdings jetzt schon machen musste, und das nervte sie, war, einen Titel für die Ausstellung zu finden und ein Bild auszusuchen, das auf die gedruckte Einladung kommen sollte. Kurz nach halb vier würde Gemeindesekretär Franz Wagner außerdienstlich vorbeikommen, das betreffende Bild abfotografieren und ihr dann per Mail schicken. Die Vernissage war zwar keine Gemeindeveranstaltung, aber da der Herr Franz so gut fotografieren konnte und der Herr Franz ihrem Lambert außerdem fast aus der Hand fraß, machte er diesen kleinen Freundschaftsdienst natürlich gerne. Ein Stück Torte, ein Häferl Kaffee und eine halbe Stunde Smalltalk erschienen Hannelore Zuser eine adäquate Entlohnung zu sein.

Hannelore Zuser schwankte zwischen zwei Bildern, die sie nebeneinander auf der Couch drapiert hatte. „Frühlingsgruß“, so der Titel des linken Werkes, war ein Aquarell in zarten Farben, das einen bunten Blumenstrauß darstellte und das sie vor zwei Jahren gemalt hatte. Das Bild gefiel ihr gut, wenngleich es nicht ihr Lieblingsbild war, hatte aber den großen Vorteil, dass sie mit „Frühlingsgruß“ auch gleichzeitig einen Titel für die Vernissage gehabt hätte, sozusagen zwei Fliegen auf einen Schlag erledigt gehabt hätte.

Rechts vom „Frühlingsgruß“ hatte sie ein Stillleben platziert und zwar das Bild „Stillleben #7“, ihr absoluter Favorit. Dieses Aquarell, Hannelore Zuser verwendete für ihre Werke ausschließlich Aquarellfarben, zeigte den Zuserschen Frühstückstisch mit einem gelben Teller, auf dem ein Stück Sachertorte lag, einem grünen Kaffeehäferl, aus dem es heiß heraus dampfte, einer roten Kerze, die helles Licht spendete und einer kleinen Vase mit ein paar bunt blühenden Stiefmütterchen – ein farbenprächtiges Ensemble, wie die Künstlerin fand. Hannelore Zuser ließ ihre Augen zwischen den beiden Kunstwerken hin und her schweifen, aber sie konnte sich einfach nicht entscheiden.

„Egal“, dachte sie, „der Wagner soll mir beide abfotografieren und schicken, dann kann ich noch eine Nacht darüber schlafen, bevor ich mich entscheide.“ Hannelore Zuser liebte es zu malen, aber sie hasste es, Ausstellungen zu organisieren. Alles musste man als Künstlerin selber machen, hatte sie das Gefühl. Und was es da nicht alles zu tun gab – die Bilder und Rahmen hatte sie zum Glück ja selber und das Hängen der Kunstwerke war auch keine große Sache, aber das ganze Drumherum, bis so eine Vernissage endlich eröffnet werden konnte, einfach mühsam!

Hannelore Zuser hatte bereits zweimal im Kaffeehaus Weber ausgestellt, beide Male mit großem Erfolg, wie sie sich gerne zurückerinnerte. Franz und Hermine Weber, das rührige Besitzerehepaar, das die Bäckerei und das Kaffeehaus über vierzig Jahre lang betrieben hatte, hatten Hannelore Zuser bei ihren bisherigen beiden Vernissagen völlig freie Hand gelassen. Aber seit ihr ältester Sohn, der Reinhold, in den Betrieb eingestiegen war, waren nicht mehr die alten Weber ihre Ansprechpartner, sondern dieser aufstrebende Spitzenkandidat der Roten mit diesem Riesenzinken im Gesicht. Hannelore Zuser war sich nicht sicher, ob sie jemals zuvor schon eine so große und auffällige Nase gesehen hatte!

Reinhold Weber stellte ihr die Räumlichkeiten gerne zur Verfügung, allerdings mit einer Auflage – bei der Vernissage durften keine Politiker reden. Das war natürlich ein ziemlicher Affront, denn der Bürgermeister von Kurzenbach durfte in seinem Gemeindegebiet so ziemlich alles eröffnen, vom Dorffest angefangen über die neue Schaukel am Kinderspielplatz bis hin zum renovierten Hochstand für die Jäger von Kurzenbach. Er, Reinhold Weber, würde seitens des Veranstalters, der Bäckerei Weber, begrüßen und dann könne gern eine nicht politisch tätige Person zu den Bildern von Hannelore Zuser etwas sagen, aber Politikerreden waren unerwünscht, da ansonsten die Vernissage der Bürgermeistergattin bestimmt für den bevorstehenden Gemeinderatswahlkampf missbraucht werden würde. Ihr

Lambert würde einen Tobsuchtsanfall bekommen, wenn sie ihm von den neuen Konditionen im Café Weber erzählte, war sich Hannelore Zuser sicher, so gut kannte sie ihn nach einunddreißig Jahren Ehe schon.

In der Vergangenheit war so eine Eröffnung eine simple und eingespielte Zeremonie. Vizebürgermeister Helmut Hasner, ein pensionierter Weinhauer, der mit den Kulturagenden von Kurzenbach betraut war, einfach weil sie niemand anderer übernehmen wollte, durfte ein paar entbehrliche Worte zu den Bildern sagen, bevor Bürgermeister Lambert Zuser die Ausstellung der Künstlerin, mit der er über die bloße Freundschaft hinaus sehr verbunden war, wie er scherzend zu betonen wusste, feierlich eröffnete und augenblicklich alle Anwesenden nach dem Wein und den belegten Brötchen gierten.

Doch diesmal würde es anders sein. Hannelore Zuser musste jemanden finden, der oder die über ihre Bilder etwas sagen konnte. Zuerst war sie wütend auf den Weber, weil er ihr zusätzliche Arbeit bereitete, aber je mehr sie darüber nachdachte, umso mehr kam sie zur An- und Einsicht, dass es vielleicht Berufenere als den Hasner gab, um ihre Vernissage gebührend zu eröffnen. Dieser alte Dillo kannte ja nicht einmal den Unterschied zwischen Aquarell und Aquarium, so eine Leuchte war das! Ihr Lambert war auch nicht gerade ein Kunstkenner, aber er vermied es immerhin, sich öffentlich über Kunst zu äußern. Der alte Hasner, das musste man sich einmal vorstellen, hatte tatsächlich einmal bei einer ihrer Vernissagen etwas von „Aquariumfarben“ daher geschwafelt. Hannelore Zuser wäre vor Peinlichkeit am liebsten in Grund und Boden versunken.

Nach langem Hin- und Herüberlegen kam Hannelore Zuser auf die geniale Idee, Anna-Lena Wajgl zu bitten oder noch besser einzuladen, bei der Vernissage etwas über ihre Werke zu sagen. Die Wajgl, mit der sie flüchtig bekannt war, galt ja mit ihrem Töpferladen selbst als eine Art Künstlerin, noch dazu war sie eine Zugezogene, aus Salzburg war sie nach Kurzenbach gekommen. Einer, die lange Zeit in einer kulturell so bedeutsamen Landeshauptstadt gelebt hat, würde man mit Sicherheit mehr Gehör und Glauben schenken, wenn sie über die Bilder einer bekannten ortsansässigen Künstlerin dozierte, als einem Vizebürgermeister, dem man sein Alkoholproblem schon aus hundert Metern Entfernung ansah.

Anna-Lena Wajgl war äußerst überrascht, als an einem eisig kalten Freitag im Februar plötzlich die Gattin des Bürgermeisters von Kurzenbach mitten in ihrem Töpferladen stand. Noch nie zuvor hatten die beiden Damen ein Wort miteinander gewechselt, man kannte sich, wie man die meisten Leute im Ort kannte. Im Kaffeehaus Weber waren sich die beiden Damen schon mehrmals begegnet, aber über ein freundliches Grüßen auf den Nachbartisch hinüber waren sie, seit Anna-Lena Wajgl vor knapp drei Jahren von Salzburg ins Kurztal gezogen war, noch nicht hinausgekommen.

Anna-Lena Wajgl nahm die Einladung von Hannelore Zuser, auf der Vernissage ein paar Worte über ihre Bilder zu sprechen, dankbar an. Seit Mai 2015 lebte sie nun schon am Hauptplatz von Kurzenbach, aber so richtig angekommen war sie immer noch nicht. Zugezogene hatten es schwer in dieser Gegend. Anna-Lena Wajgl kannte eine Keramikerin in Wegendorf, die vor über zehn Jahren aus der Steiermark ins Kurztal übersiedelt war – die fühlte sich immer noch ausgegrenzt und nicht überall willkommen. Umso mehr freute sie sich, dass ihr die Bürgermeistergattin als kleines Dankeschön sogar angeboten hatte, ein paar ihrer eigenen Töpfereikunstwerke im Café Weber auszustellen und ihr außerdem versprochen hatte, sie mit Namen und Logo auf die Einladungskarten zu drucken.

Der zweite Frühstückskaffee war längst kalt geworden, und Hannelore Zuser war sich immer noch nicht im Klaren, wie ihre dritte Kurzenbacher Ausstellung im Kaffeehaus Weber heißen sollte. Morgen, so hatte sie es dem jungen Weber versprochen, würde sie ihm Foto, Titel und den genauen Wortlaut der Einladung schicken. Er würde dann alles am Computer gestalten und ihr am Freitag noch einmal zur Durchsicht schicken.

Das meiste, so nickte sie anerkennend vor sich hin, hatte sie beisammen. Die Wajgl würde über ihren Werdegang und ihre Bilder sprechen, die musste sie nur noch entsprechend briefen, wie das im Fachjargon hieß, die würde am Donnerstagnachmittag auf einen Kaffee vorbeikommen. Für die musikalische Umrahmung wollte sie noch ein Blockflötentrio engagieren, drei Kurzenbacher Schwestern im Alter von neun, elf und dreizehn Jahren, die als ganz große Musiktalente im Ort galten. Und für den Weinausschank, was in Kurzenbach ja am wichtigsten war, hatten sie den aufstrebenden Jungwinzer Wolfram Hammerer gewinnen können. Der war überall gern dabei, Hauptsache er konnte im Mittelpunkt stehen und über seine einzigartigen „Hammerweine" schwadronieren. Feste Nahrung würde die Bäckerei Weber beisteuern, irgendetwas von Schurgebäck hatte der Reinhold beim letzten Telefonat daher gefaselt, aber das konnte ihr ja egal sein, Hauptsache es gab ausreichend zu essen und zu trinken, dann würde die Vernissage allen Gästen lange in guter Erinnerung bleiben. Und wer weiß, vielleicht wechselte das eine oder andere Bild ja auch den Besitzer oder die Besitzerin.

5. Kapitel

Im Sommer 1969 heiratete Roman Zuser die sechsundvierzigjährige Anschi Tumler, die Frau seines im Jahr davor unter tragischen Umständen ums Leben gekommenen Freundes Walter Tumler.

Der Schachinger-Bauer, der Wallner-Bauer und der Zuser-Bauer hatten der Witwe in der ersten Zeit nach dem plötzlichen Tod ihres gemeinsamen Freundes geholfen, den Landmaschinenhandel so gut es ging weiterzuführen. Nach der Sturmkatastrophe knappe sechs Wochen später, die Roman Zuser um seine Existenz gebracht hatte, lag es für ihn auf der Hand, Anschi Tumler dauerhafte Hilfe anzubieten. Da ihm in diesen sechs Wochen auch die eigene Frau abhanden gekommen war, ließ sich für Roman Zuser eins und eins leicht zu zwei zusammenzählen. Die Ehe von Anschi und Walter Tumler war kinderlos geblieben, seine eigenen Söhne brauchten mütterlicher Zuwendung und gleichzeitig eine starke Hand, die ihnen Grenzen setzte. Die Geduld und Belastbarkeit seiner Mutter in der Erziehung der beiden aufgeweckten Buben nahm rapide ab, Amalie Zuser war mit ihren knapp fünfundsiebzig Jahren der Aufgabe nicht mehr gewachsen, ihre immer heftiger aufbegehrenden Enkelkinder groß zu ziehen.

Für Lambert und seinen Bruder Jakob war die veränderte Situation wie der Einstieg in ein neues Leben. Der immer größer werdende Fuhrpark der Firma „Tumler-Zuser", wie das Unternehmen seit Anfang 1969 hieß, bot den beiden Buben ein ungeahntes technisches Paradies. Was es da nicht alles zu entdecken gab! Nicht nur einmal gab es bittere Tränen, weil sie Hausarrest bekamen, um endlich ihre Hausaufgaben zu machen, anstatt in der Halle auf den Traktoren und Mähdreschern herumzuspielen.

Das Tumler-Haus und die angrenzende Landmaschinenhalle lagen gerade einmal fünf Gehminuten vom Bauernhof der Zusers entfernt. Von den zweihundert Apfel- und Birnbäumen hatten nur vierzehn die Sturmkatastrophe unbeschadet überstanden, zu wenig, um davon leben zu können. Der Zuser-Hof war zu einem reinen Bauernhof geschrumpft, mit jeder Menge an Hühnern und ein paar Schweinen, gerade so viel, um die Familie versorgen zu können. Das Füttern der Tiere war die Aufgabe von Lambert und Jakob. Schon frühmorgens, noch bevor sie zur Schule aufbrachen, mussten sie einen Umweg machen, um die Tiere am Zuser-Hof zu versorgen, die restliche Stallarbeit wie Ausmisten galt es, am Nachmittag nach den Schulaufgaben zu erledigen. Gelegentlich half ihnen Großmutter Amalie, die als einzige noch am Zuser-Hof lebte, doch zumeist machte ihr die Gicht schwer zu schaffen, und sie vermochte vor Schmerzen kaum aufzustehen. Was vom Tag übrig blieb, verbrachten die beiden Buben in der Landmaschinenhalle, von der pittoresken Mostviertler Landschaft, die sie in den ersten Lebensjahren so stark geprägt hatte, bekamen sie nur mehr am Schulweg etwas mit.

Im Herbst des Jahres 1969 wechselte Jakob Zuser in die Hauptschule, ein Jahr später folgte ihm sein Bruder Lambert nach. Da diese gleich neben der Volksschule gelegen war, änderte sich für die beiden Buben wenig. In der wärmeren Jahreszeit legten sie den Schulweg mit ihren Fahrrädern zurück, im Winter mussten sie zu Fuß gehen. War das Wetter einmal ganz schlecht, wurden sie von ihrer Stiefmutter zur Schule chauffiert. Anschi Tumler gab sich größte Mühe, für Jakob und Lambert eine liebende und verhätschelnde Ersatzmutter zu sein, die beiden machten es ihr jedoch oft nicht leicht, zu sehr vermissten sie ihre leibliche Mutter.

Als Jakob zwölf und Lambert elf Jahre alt waren, traten die beiden dem örtlichen Fußballverein bei. Jakob durfte dank seiner Schnelligkeit Stürmer spielen, der etwas behäbigere Lambert wurde als Außendecker eingesetzt. Zweimal die Woche mussten sie zum Training, der Sportplatz lag in unmittelbarer Nähe der Hauptschule, am Wochenende war meistens Match. Die Zeit, die Jakob und Lambert am Zuser-Hof verbrachten, wurde immer weniger, manchmal schafften sie es gerade noch vorm Unterricht, die Schweine und Hühner zu füttern, das Ausmisten wurde nicht selten aufs Wochenende aufgeschoben.

Amalie Zuser ging fast nicht mehr außer Haus, im Dorf war sie schon seit Jahren nicht mehr gesehen worden. Manchmal blieb sie aufgrund ihrer Gicht tagelang im Bett. Meistens war es ihre Schwiegertochter Anschi Tumler, die sie mit Lebensmitteln versorgte, Jakob und Lambert kamen für gewöhnlich nur frühmorgens zwischen Füttern und Unterricht auf einen kurzen Sprung und einen Kuss auf die Stirn vorbei. Ihren Sohn bekam Großmutter Amalie manchmal wochenlang nicht zu Gesicht. Roman Zuser war Tag und Nacht im Einsatz, um den Wünschen und Bestellungen der Kunden nachzukommen. Die Konkurrenz schlief nicht, immer mehr aufstrebende Unternehmer im Mostviertel versuchten ihr Glück im Handel mit landwirtschaftlichen Maschinen.

Im Februar 1973 starb Amalie Zuser im neunundsiebzigsten Lebensjahr. Die letzten Monate war sie bettlägerig gewesen, liebevoll umsorgt von ihrer Schwiegertochter und ihren beiden Enkelkindern, die sich, als sie spürten, dass es mit ihrer Großmutter zu Ende ging, wieder öfter am Zuser-Hof blicken ließen. Amalie Zuser ging nach einem arbeits- und schicksalsreichen Leben mit einem zufriedenen Lächeln von dieser Welt, fast fünf Jahre hatte sie ihren Jakob überlebt, und das schönste für sie war, dass sie in dem Haus sterben durfte, in dem sie aufgewachsen war.

Im Sommer 1973 beschloss Roman Zuser, den Hof zu verkaufen, der seit Amalies Tod völlig verwaist war. Schweine hatten die Zusers schon seit dem letzten Jahr nicht mehr, und so bevölkerte lediglich eine Handvoll zerzauster Hühner den verlassenen Hof. Die Buben kamen nur mehr ganz selten vorbei, im September würde Jakob in die HTL nach Amstetten wechseln und die ganze Woche über im Internat sein, ein Jahr später würde ihm sein Bruder Lambert nachfolgen, es war niemand mehr da, der sich um den Hof hätte kümmern können. Und mit dem Geld, das er für den Verkauf bekommen würde, hatte Roman Zuser den Bau einer neuen, großen Halle geplant. Sechsundfünfzig war er mittlerweile, in fünf, sechs Jahren sollten seine Söhne soweit sein, um in die Firma einzusteigen, in spätestens zehn Jahren wollte er sich zur Ruhe setzen und sich mit seiner Anschi ein klein wenig die große Welt anschauen.

Anschi Tumler liebte ihren Roman, auch wenn sie oft nicht viel von ihm hatte. Der unerwartete Tod ihres geliebten Walter war für sie ein Riesenschock gewesen, der sie in ein großes, schwarzes Loch fallen ließ. Wochenlang dachte sie nur an Selbstmord, es war mit einem Mal niemand mehr in ihrem Leben, der ihr wichtig war, da war nur noch diese riesengroße Leere, die sie zu verschlingen drohte. Die Sturmkatastrophe vom September 1968 hatte ihrem Leben, so komisch das auch klingen mag, wieder einen Sinn gegeben. Plötzlich war da jemand, dem es genau so ging wie ihr. Jemand, der auch alles verloren hatte, vielleicht sogar noch mehr als sie, trat mit einem Mal in ihr Leben und fing sie auf, so wie auch sie ihn auffangen konnte.

6. Kapitel

Kurzenbach galt als hübscher, kleiner Ort im mittleren Kurztal, genau dort, wo der Weinbau noch dominierte. Flussaufwärts wurde das Tal immer enger, und zwei Orte weiter konnte man nur mehr vereinzelt Weinbauflächen vorfinden. Im acht Kilometer entfernten Wegendorf, beispielsweise, dem nächstgrößeren Ort, gab es nur mehr einen einzigen Weinbauern, einen Spinner, der sich einbildete, hier mit Bioweinbau erfolgreich zu sein. Er wurde im Ort milde belächelt, seine Weine schmeckten, naja, wohlwollend ausgedrückt, sie schmeckten anders. Die Wegendorfer besuchten daher gern die Kurzenbacher Heurigen und genossen den ausgezeichneten Wein und die angebotenen kulinarischen Spezialitäten.

Ja, der Weinbau war das, worauf man in Kurzenbach am allerstolzesten war. 1.988 Einwohnerinnen und Einwohner wurden bei der letzten Volkszählung im Herbst 2017 erfasst, einige waren in der Zwischenzeit verstorben und weggezogen, ein paar wenige waren dazugekommen. Knapp zweitausend Einwohner also, ungefähr dreizehnhundert davon lebten im Hauptort Kurzenbach, die restlichen siebenhundert in den Katastralgemeinden Hasendorf, Mallerbach und Pichling, die allesamt nur ein paar Kilometer voneinander entfernt lagen.

Trotz des florierenden Weinbaus, der Kurzenbacher Wein war in ganz Österreich bekannt und beliebt, war die Einwohnerzahl im Sinken begriffen. Als Lambert Zuser 1996 Bürgermeister von Kurzenbach wurde, lebten hier noch über zweitausendsiebenhundert Menschen. In den fast zweiundzwanzig Jahren seiner Amtszeit war die Bevölkerung um gut ein Viertel geschrumpft – weggestorben und weggezogen. Damals, im Jahr 1996 hatte es dreiundfünfzig Weinbaubetriebe gegeben, gerade einmal dreißig davon waren übrig geblieben, und unter denen gab es nur achtzehn Vollerwerbswinzer, für die anderen zwölf bedeutete der Weinbau mehr oder weniger ein Hobby, das zumindest den jährlichen Eigenbedarf an Wein zu decken vermochte.

Die Aussichten für die Zukunft waren auch nicht gerade rosig, eine universitäre Studie über die nächsten fünfzig Jahre im Kurztal hatte vorhergesagt, dass es in fünfundzwanzig Jahren nur mehr zwanzig Weinbaubetriebe geben würde, in fünfzig Jahren wahrscheinlich gar nur mehr zwischen zwölf und fünfzehn.

Richtig stolz war man in Kurzenbach nicht nur auf die Qualität des Weines, sondern auch auf die Quantität der Buschenschanken, denn immerhin gab es sage und schreibe sieben Heurige in Kurzenbach, die mehrmals im Jahr geöffnet, bzw. „ausgesteckt" hatten, wie man in dieser Gegend gerne dazu sagte, und Gäste von nah und fern in den schmucken Ort im mittleren Kurztal strömen ließen.

Sogar einen eigenen „Heurigenkalender" gab es in Kurzenbach, ein kleines, schmales Büchlein, in dem die Öffnungstage der einzelnen Betriebe verzeichnet waren. Die Koordination der Heurigentermine war eine Heidenarbeit, davon wusste Gemeindesekretär Wagner ein Lied zu singen. Die oberste Prämisse war, dass das ganze Jahr über zumindest ein Heurigenbetrieb geöffnet haben sollte. Nachdem die Gastronomie in Kurzenbach so gut wie ausgestorben war – in den letzten zwanzig Jahren mussten alle drei Wirtshäuser zusperren – gab es neben dem Kaffeehaus Weber und dem Sportbuffet Trixi nur die beliebten Heurigen als mögliche Treffpunkte für die Kurzenbacher Bevölkerung und etwaige Gäste, die sich in den Ort verirrten.

In den Monaten Oktober und November war der Gemeindesekretär wochenlang damit beschäftigt, die sieben Winzer persönlich abzuklappern und telefonisch nachzufragen, wann sie denn gedenken würden, im darauffolgenden Jahr ihre Pforten verbindlich zu öffnen. Die Betonung lag auf verbindlich, denn es gab immer wieder Fälle, wo ein Heurigenbetrieb dann zu dem im Kalender vermerkten Termin unerwartet geschlossen hatte, einfach weil die Besitzer gemeint hatten, auch einmal auf Urlaub fahren zu müssen. Und natürlich standen dann nicht wenige Gäste vor verschlossener Tür, ungläubig auf den Heurigenkalender in ihren Händen starrend, der eigentlich das Gegenteil verheißen hatte. Und selbstverständlich riefen diese Gäste dann unter der angegebenen Nummer den Gemeindesekretär Wagner an und beschwerten sich, dass sie extra aus Tripstrüll angereist waren, um beim Dingsbums einzukehren, weil sie das im Heurigenkalender von Kurzenbach so gelesen hatten, eine Frechheit sondergleichen war das, und überhaupt. Da konnte er noch hundert Mal sagen, dass im Kalender auch vermerkt war, dass die Angaben ohne Gewähr wären, der Wagner musste sich von den aufgebrachten Anrufern mitunter sogar beschimpfen lassen, und einige drohten damit, nie wieder nach Kurzenbach kommen zu wollen.

Einer dieser „Spezialisten“, die gerne einen Spontanurlaub einschoben, wenn sie eigentlich ihren Heurigen geöffnet haben sollten, war der junge Hammerer. Der hatte in der Kellergasse von Kurzenbach einen an und für sich recht ansprechenden Heurigen. Im alten Kellergewölbe hatte er einen gemütlichen Raum für ungefähr sechzig Personen eingerichtet, sehr stilvoll war das alles gemacht, das musste man dem Hammerer lassen, der Wein war gut, das Essen auch, die Portionen anständig, da ließ er sich nicht lumpen, ideal für die kühlere Jahreszeit oder auch im Sommer, wenn das Wetter einmal nicht so schön war. Das große Manko am Hammerer-Heurigen jedoch war, dass er kaum Sitzplätze im Freien anbieten konnte. Gerade einmal vier Tische konnte er vor seinem Keller aufstellen, ein mögliches Expandieren nach links oder rechts scheiterte daran, dass der Hammerer mit beiden Nachbarn über Kreuz war. Diese gepflegte Feindschaft rührte noch vom alten Hammerer her, der sich mit fast allen im Dorf angelegt hatte. Der junge Hammerer war zwar etwas gemäßigter und friedliebender, aber bis so alte Feindschaften in einem Ort wie Kurzenbach ausgeräumt waren, das konnte schon Generationen dauern.

Ja, und wenn es dem jungen Hammerer mitten im Sommer plötzlich einfiel, dass er für ein paar Tage aufs Kitzsteinhorn zum Gletschersnowboarden fahren musste, dann waren ihm die vier Tische und sein Heuriger herzlich egal. Ausbaden musste es ohnehin der Gemeindesekretär, wenn ihn erzürnte Gäste mit ihren Anrufen quälten.

Der Wagner und der Hammerer, gute Freunde würden die in diesem Leben wohl nicht mehr werden.

7. Kapitel

„Wann hört dieser verdammte Winter endlich auf?", fluchte Eleonore Reinsberger. Die Schulrätin im Ruhestand hasste die kalte Jahreszeit wie die Pest. Ungläubig starrte sie auf die Schneeflocken, die vorm Badezimmerfenster unablässig vom Himmel fielen. Ende März war es mittlerweile, in ein paar Tagen würde Ostern sein „Wenn das so weiter geht, müssen die Kinder die Ostereier aus dem Schnee ausgraben statt im Gras suchen!", murmelte sie missmutig vor sich hin. Die Schwiegermutter von Lambert Zuser konnte es kaum erwarten, dass wieder Frühling war. Die paar warmen Tage letztes Wochenende waren ein wahrer Segen, aber das jetzt ... Eleonore Reinsberger fröstelte, obwohl sie in der warmen Badewanne lag.

Um vier Uhr hatte sie einen Friseurtermin und ursprünglich hätte sie zu Fuß zur Frau Elfi gehen wollen. Ein kleiner Spaziergang in ihrem Alter – in zwei Monaten würde sie achtundachtzig werden – konnte nicht schaden, die Gelenke waren schon ein wenig eingerostet nach diesem langen Winter, aber Eleonore Reinsberger fühlte sich noch immer fit, sowohl körperlich, als auch geistig, zumindest fitter, als der Bürgermeister und Vizebürgermeister zusammen, wie sie bei jeder sich bietenden Gelegenheit gern betonte.

Der Frisiersalon Elfi lag am Hauptplatz von Kurzenbach, gleich neben dem Töpferladen von Anna-Lena Wajgl, also nicht einmal zehn Gehminuten vom Haus der Zusers entfernt, keine große Sache bei normalem Wetter. Aber bei diesem Scheißschnee, wo ja nicht einmal vorm eigenen Haus der Gehsteig geräumt wurde, obwohl da der Bürgermeister und Leiter der örtlichen Straßenbaumeisterei in einer Person wohnten, wollte Eleonore Reinsberger lieber nicht zu Fuß gehen. Man kennt das ja, ein falscher Schritt, einmal ausgerutscht, hingefallen, und schon ist eine Hand oder ein Fuß gebrochen, im schlimmsten Fall Oberschenkelhalsbruch und das war 's dann. Sie kannte genug Leute im Dorf, die sich von einem Sturz nie wieder richtig erholt hatten.

„Ich werde den Termin verschieben müssen!", ärgerte sich die Witwe des früheren Bürgermeisters von Kurzenbach. „Da gibt es zwei riesige Autos in diesem Haus und keiner hat auch nur fünf Minuten Zeit, mich zum Hauptplatz zu chauffieren!", war sie zerknirscht. Ihre Tochter hatte um halb vier den Gemeindesekretär Wagner zu Besuch, der ihr irgendein Bild abfotografieren musste, und mit dem sie dann noch des langen und breiten Kaffeeplauschen musste, und ihr Schwiegersohn, dieser Versager, hatte natürlich wieder irgendeinen Termin genau um sechzehn Uhr vorgeschoben, um seiner Schwiegermutter nur ja nicht einen Gefallen tun zu müssen.

Sie hatte den Lambert von Anfang an nicht ausstehen können. Schon als sie ihn das erste Mal zu Gesicht bekommen hatte, damals vor dreiunddreißig Jahren, als ihn das Lörchen als ihre neue große Liebe vorstellte, wusste sie, dass er ein Taugenichts war. Was ihre Tochter an diesem ungehobelten Mannsbild so anziehend finden konnte, hatte Eleonore Reinsberger nie verstanden. Na ja, Liebe macht blind, und in erster Linie musste ja die Hannelore mit ihm auskommen. Geschah ihr schon recht, hätte sie bloß auf ihre Eltern gehört, dann hätte sie jetzt keinen ausgefressenen Mostplutzer als Ehemann. Ein Wahnsinn, wie der in den letzten Jahren auseinander gegangen ist! Wie ein Germteig! Eleonore Reinsberger lief es kalt über den Rücken, wenn sie an die ekelige Körperfülle ihres Schwiegersohnes dachte.

Seit über zwanzig Jahren, seit dem Tod ihres geliebten Walters, lebte sie jetzt schon mit Lambert Zuser unter einem Dach, da musste sie klarerweise einigermaßen mit ihm auskommen. Zum Glück war er dank seiner vielen Ämter und Vereine, bei denen er Obmann oder Stellvertreter war, nicht oft zu Hause, aber wenn man ihn wirklich einmal brauchte, dann natürlich auch nicht!

Dass ihr Schwiegersohn Bürgermeister von Kurzenbach geworden ist, einfach unglaublich! Ihr Walter hätte sich im Grab umgedreht, wenn er das erfahren hätte! Als Walter Reinsberger, Bürgermeister und Hauptschuldirektor von Kurzenbach, im Oktober 1996 bei einem unverschuldeten Verkehrsunfall auf der spiegelglatten Hauptstraße zwischen Kurzenbach und Wegendorf tödlich verunglückte, war die Trauer und Bestürzung im Ort riesengroß. Er war ein äußerst beliebter Bürgermeister, der mehr als fünfzehn Jahre die Geschicke von Kurzenbach gelenkt hatte. Die Lücke, die er im gesellschaftlichen und politischen Leben des kleinen Ortes hinterließ, vermochte bis heute niemand zu schließen. Am allerwenigsten sein Schwiegersohn Lambert Zuser, der, nachdem Vizebürgermeister Dr. Ferdinand Huber aus gesundheitlichen Gründen die Nachfolge abgelehnt hatte, interimistisch die Bürgermeisteragenden übernommen hatte.

Sechsunddreißig Jahre war Lambert Zuser alt, als er unerwartet und ungewollt Bürgermeister von Kurzenbach geworden war – eine aus der Not geborene Übergangslösung, aus der aus Mangel an Alternativen eine jahrzehntelange Dauerlösung geworden war. „Damals hat er wenigstens noch halbwegs was gleich geschaut!", murmelte Eleonore Reinsberger vor sich hin, „aber irgendetwas zusammengebracht hat er bis heute nicht, im Gegenteil!"

Drei Dinge waren es, die sie ihrem Schwiegersohn besonders übel nahm. Zum einen seine einfache Herkunft – Lambert Zuser war ein Bauernsohn aus dem Mostviertel, der mit seinen ungehobelten Umgangsformen und seiner ungeschliffenen Sprache so überhaupt nicht in die angesehene Lehrerfamilie Reinsberger passte, ausgerechnet so einen musste sich ihr Lörchen aussuchen! Wie ein Hohn war es Eleonore Reinsberger erschienen, dass dann nicht einmal vier Jahre nach dem Tod ihres Walters, sie selbst war gerade zwei Jahre im Ruhestand, die Hauptschule von Kurzenbach geschlossen wurde. Zum Glück musste ihr Walter all das nicht mehr miterleben! Auch wenn Lambert Zuser da gar nicht viel dafür konnte, bzw. dagegen hätte machen können, das Schließen der Hauptschule in seiner Amtszeit hatte sie ihm nie verziehen. Als dann nach und nach auch alle drei Wirtshäuser im Dorf zusperrten, und der letzte verbliebene Nahversorger in Pension ging, und kein Nachfolger gefunden werden konnte, hatte die pensionierte Deutsch- und Geschichtslehrerin schnell einen Schuldigen gefunden.

Als verantwortungsbewusster Bürgermeister hätte er rechtzeitig dafür sorgen müssen, dass genügend Leute nach Kurzenbach ziehen, Anreize schaffen, keine Ahnung welche, aber als Bürgermeister war man dafür nun einmal zuständig, dass es im Ort aufwärts ging. Der einzige Grund, warum Eleonore Reinsberger bei der nächsten Wahl ihren Schwiegersohn trotzdem indirekt wiederwählen würde, war, dass er bei der richtigen Partei war. Vorzugsstimme würde sie ihm garantiert keine geben, das stand für die Schulrätin im Ruhestand eindeutig fest. Sie hatte sich schon sehr auf den Gegenkandidaten Friedrich Czulak gefreut, ein fescher, aufrechter und gebildeter Mann mit guten Ideen und guten Manieren, und dann schießt sich dieser Depp bei dieser blöden Weihnachtsfeier quasi selbst ins Knie. Dem Czulak hätte sie bestimmt eine Vorzugsstimme gegeben. Den Gerüchten, dass ihr Schwiegersohn den Czulak vernadert haben könnte oder zumindest damit zu tun gehabt haben könnte, schenkte sie jedoch keinen Glauben. In ihren Augen war Bürgermeister Lambert Zuser selbst dafür zu unfähig, so eine Intrige hätte der nie und nimmer zusammengebracht, ohne dass es nicht gleich aufgeflogen wäre, da war sich Eleonore Reinsberger vollkommen sicher.

Das Wasser in der Wanne wurde schön langsam kühl, Eleonore Reinsberger beschloss, ihr tägliches Morgenbad zu beenden. Noch immer schneite es unaufhörlich, noch immer war ihr keine Idee gekommen, wie sie kurz vor vier Uhr trockenen Fußes zum Frisiersalon Elfi gelangen sollte.

8. Kapitel

„Guten Morgen, Herr Bürgermeister!“
„Ja, grüß Dich, Wolfram, nimm Platz! Magst einen Kaffee haben?“

„Nein, danke, Herr Bürgermeister, das ist sehr nett von Ihnen, aber ich hab gerade erst gefrühstückt!“

Lambert Zuser kannte den jungen Hammerer seit der Zeit, als der noch ein Kind war. Als er unerwartet zum Bürgermeister von Kurzenbach ernannt wurde, saß auch der alte Hammerer für dieselbe Partei im Gemeinderat. Manche Fraktionssitzungen fanden ihren gemütlichen Ausklang im Kellerstüberl des alten Hammerer, und gelegentlich tummelte sich da auch ein kleiner Knirps herum. Mittlerweile war der aufgeweckte Bub von damals über dreißig Jahre alt. „Ein Wahnsinn, wie die Zeit vergeht!“, schüttelte der Zuser den Kopf.

„Na, wo drückt der Schuh?“ Bürgermeister Zuser zeigte sich in seiner Sprechstunde immer von seiner jovialen Seite.

„Also, die Sache ist die, Herr Bürgermeister“, der junge Hammerer wetzte nervös am Sessel herum, „ich hätte da ein kleines Anliegen!“

Na klar! Damit hatte Lambert Zuser gerechnet. Und ihm fiel neben der charakterlichen Ähnlichkeit mit dem alten Hammerer mit einem Mal auch die optische auf. Wenn man sich bei Wolfram Hammerer die blonde Schmalzlocke wegdachte, die ihm ständig ins Gesicht hing und stattdessen ein paar Falten auf der Stirn dazu dachte und einen grauen Vollbart, dann war man schon ziemlich nah dran am Richard Hammerer. Die Augen, die Nase, die markanten Backenknochen, der große Mund und die schmalen Lippen. Eine regelrechte Computersimulation spielte sich da im Gehirn des Bürgermeisters ab.

„Nau, daun spuck 's aus!"

Lambert Zuser erinnerte sich an die Geschichten, die man ihm vom alten Hammerer erzählt hatte. Das meiste war noch vor seiner Zeit als Bürgermeister passiert. Richard Hammerer saß nicht nur ein Mal im Gemeinderat, nein, insgesamt drei Mal zog er in dieses Gremium ein. Ganz raffiniert hatte er das immer angestellt. So ungefähr ein halbes Jahr vor einer Gemeinderatswahl tauchte er mit einem dringlichen baulichen Anliegen auf, für das er eine Bewilligung oder Umwidmung seitens der Gemeinde benötigte. Einmal wollte er seinen Weinkeller ausbauen, einmal eine Gartenhütte mitten in den Weinbergen errichten, und beim letzten Mal ging es um die Asphaltierung eines Feldweges, entlang dem der Hammerer drei Weingärten besaß. Und jedes Mal wenn er ein solches Anliegen in sich wälzte, hatte er ein paar Monate vorher sein Interesse bekundet, Gemeinderat zu werden, um dadurch seinen ganz persönlichen Beitrag für das Wohl der Bürger von Kurzenbach zu leisten. Ja, so ein Durchtriebener war der alte Hammerer! Bei allem was er tat, war ein Hintergedanke dabei, und meistens war es so angelegt, dass für ihn ein Vorteil herausschaute.

„Ja, Herr Bürgermeister, wie Sie wissen, betreibe ich ja einen über die Bezirksgrenzen hinaus bekannten und beliebten Heurigen", der junge Hammerer stotterte verlegen herum, obwohl ziemlich klar war, dass er seine Rede gut vorbereitet hatte. „Unser Heuriger läuft wirklich gut, erst unlängst waren der Herr Bezirksparteiobmann und seine Gattin bei uns zu Gast und sie waren wirklich sehr zufrieden, aber das große Problem, das ich habe, sind die Sitzplätze im Freien. Sie wissen ja, meine Nachbarn wollen mir nicht einmal einen Quadratmeter abtreten", jetzt hatte er seine Sicherheit und sein Selbstvertrauen wieder gefunden, „ich hab ihnen schon einen saftigen Batzen Geld angeboten, aber diese kleinkarierten Nasenbohrer ..."

„Genauso wie sein Vater!", ärgerte sich Bürgermeister Lambert Zuser. Der alte Hammerer glaubte auch, dass er mit Geld und Beziehungen alles erreichen konnte. Aber umgekehrt konnte man von dem nichts haben! Kaum hatte man seitens der Gemeinde seinen jeweiligen Ansuchen um Bewilligungen und Umwidmungen einen positiven Bescheid erteilt, blieb er vielleicht noch ein Jahr Mitglied im Gemeinderat, um sich danach mit irgendeiner fadenscheinigen Ausrede plötzlich zurückziehen zu müssen. Einmal gab er berufliche Überlastung an, einmal waren es gesundheitliche Gründe und beim dritten Mal, diesen Ausdruck hatte er sicher irgendwo in einer Zeitung gelesen, litt er an einem Burnout. Der alte Hammerer und Burnout, einfach lächerlich! Als er dann vor gut zehn Jahren an Lungenkrebs starb, gab es kaum jemanden außerhalb seiner eigenen Familie, der ihm ernstlich nachgeweint hatte.

„... sind so stur, dass es schon an Blödheit grenzt!" Der junge Hammerer hatte sich richtig in Wut geredet. „Am liebsten würde ich den Heurigen überhaupt nicht mehr aufsperren. Da möchte man seinen Beitrag zu einem lebenswerten und aufstrebenden Kurzenbach leisten, und dann werden einem nur Prügel vor die Füße geworfen. Sie wissen ja, Herr Bürgermeister, wie es um unsere Gastronomie bestellt ist."

Das hatte gesessen! Das war unterste Schublade! Wolfram Hammerer wusste, wie man in den Wunden von Bürgermeister Lambert Zuser bohrte. Die Gastronomie von Kurzenbach war sein Lindenblatt, da war er verwundbarer als Siegfried der Drachentöter.

„Aber dann hab ich mir gedacht", Lambert Zuser wusste, dass es jetzt kommen würde, dass ihm der junge Hammerer genau jetzt seinen genialen Plan unterbreiten würde, „einen Versuch unternehme ich noch, Herr Bürgermeister, einmal probiere ich es noch. Ich möchte nämlich meinen Weinkeller nach hinten ausbauen. Wie Sie wissen, hab ich genau hinterm Gebäude einen Weingarten, einen herrlichen Grünen Veltliner hab ich dort ausgesetzt, meinen Falstaff-prämierten GV-Hammer, von dem ich Ihnen auch ein Flascherl zum Probieren mitgebracht habe". Während Wolfram Hammerer seinen Monolog gekonnt herunter spulte, griff er in seine Tasche, zauberte die besagte Flasche hervor und stellte sie dem Bürgermeister direkt vor die Nase. „Ich möchte ein paar Rebstöcke dieses kostbaren Veltliners opfern und einen Sitzbereich im Freien für ungefähr hundertzwanzig Gäste schaffen."

„Aha, da weht der Wind her!", Bürgermeister Lambert Zuser war sich sicher, was da jetzt kommen würde ...

„Für dieses Projekt müsste ich den Keller umbauen, den Hinterausgang verbreitern und behindertengerecht gestalten, neue Toiletten müssten wir errichten, und ein überdachter Schankbereich im Freien wäre ebenfalls vonnöten. Außerdem würde ich gerne eine Art ausfahrbaren

Wintergarten machen, um wetterunabhängig zu sein. Es gibt sogar schon einen Plan!", der junge Hammerer war jetzt voll in Fahrt, griff nochmals in seine Tasche, zog einen Plan heraus und breitete ihn vor einem unglaublich dämlich dreinschauenden Bürgermeister auf dem Schreibtisch aus.

In solchen Momenten hasste Lambert Zuser seinen Job am allermeisten. Am liebsten hätte er den Hammerer samt seinem Umbauplan hochkant bei der Tür hinausgeworfen, aber er wusste natürlich, dass er so ein Projekt nicht einfach abwürgen konnte, im Gegenteil, der Umbau des Hammerer-Heurigen würde für den Ort genauso wichtig sein wie für seine Wiederwahl als Bürgermeister von Kurzenbach. Der junge Hammerer wollte künftig schon mittags aufsperren, warme Speisen anbieten, sieben Tage die Woche geöffnet haben, und außerdem hatte er in Aussicht gestellt, in weiterer Folge auch Fremdenzimmer bzw. Gästezimmer, wie man heutzutage zu sagen pflegte, anbieten zu wollen. Der wusste genau, welchen Köder er dem Zuser auslegen musste! Sein ambitioniertes Projekt würde nicht nur den Kurzenbachern zugutekommen, nein, es würde auch den brachliegenden Tourismus – wieder ein Stich in der Zuserschen Magengegend – ankurbeln. Und irgendwie hatte er ja auch recht, denn die bescheidene Kapazität von sechzig Betten, die Kurzenbach derzeit anzubieten hatte, war durchaus ausbaubar.

„Das klingt ja sehr interessant!", schmierte der Bürgermeister dem aufstrebenden Jungwinzer Honig ums Maul, „aber ich muss das natürlich mit meinen Fraktionskollegen besprechen. Das Gebiet hinter den Weinkellern ist, wie Du sicher weißt, Grünland und das von Dir vorgeschlagene

Projekt würde es notwendig machen, dieses Grünland in Bauland umzuwidmen und damit sind sicher nicht alle einverstanden. Du weißt ja, Dein Kellernachbar, der rote Weber, der ist bestimmt dagegen."

„Aber ihr habt 's ja eh die Absolute. Das kann ja kein Problem sein!", ereiferte sich der junge Hammerer.

„Ja, das schon, aber für Umwidmungen von Grünland in Bauland brauchen wir eine Zweidrittelmehrheit und dafür müssen wir erst einmal die Blauen gewinnen. Aber zum Glück ist der Rudi Wasitzky ja ein alter Anglerfreund von mir", setzte Bürgermeister Zuser ein breites Grinsen auf, „und der kann den roten Weber partout nicht leiden!"

Den Wasitzky, den Parteichef der Blauen, würde er schon überreden können, da war sich Bürgermeister Lambert Zuser sicher und je mehr er nachdachte, umso mehr gefiel ihm die Idee des jungen Hammerer, denn so ein Projekt würde sich im Wahlkampf gut auf die eigenen Fahnen heften lassen. Und damit würde er auch den Weber locker übertrumpfen können, der den geplanten Ausbau seines Kaffeehauses zu einem Restaurant mit hundertprozentiger Sicherheit als roten Wahlslogan für ein aufstrebendes Kurzenbach verwenden würde.

9. Kapitel

Seine ersten einschlägigen Erfahrungen mit dem anderen Geschlecht machte Lambert Zuser im Sommer 1975. Er war knapp fünfzehn Jahre alt, als er das erste Mal ein Mädchen küsste. Sein Bruder Jakob und er waren zu einem Geburtstagsfest eingeladen worden. Roland Schachinger, der jüngste Sohn von einem der Bauern, die damals bei Lamberts Geburt die ersten Gratulanten waren, durfte am elterlichen Hof seinen sechzehnten Geburtstag mit einer großen Party feiern, zu der er seine besten Freunde und Freundinnen eingeladen hatte.

Im Garten des Schachinger-Hofes machten die Jugendlichen unter Aufsicht einiger Erwachsener ein großes Lagerfeuer und grillten Würstel und Kotelette. Bier und Most gab es auch, aber in erster Linie für die Erwachsenen und wenn für die Jugendlichen, dann nur in geringen Mengen, das Fest sollte ja zu keiner Sauferei ausarten. Aus einem kleinen, batteriebetriebenen Kassettenrecorder dröhnten die Hits des Jahres 1975 und alle grölten mit – den Zungenbrecher „Wenn du denkst, du denkst, dann denkst du nur, du denkst" ebenso wie „Griechischer Wein" und „La Paloma Blanca". Zwar wusste niemand, wer oder was eine „Paloma Blanca" war, aber das Lied war fröhlich und der Rhythmus ging einfach ins Blut. Wie auch der Alkohol, der für die Jugendlichen noch recht ungewohnt war.

Insgesamt sechzehn Buben und sieben Mädchen waren bei diesem Geburtstagsfest anwesend, dazu kamen noch der Schachinger-Bauer, der Wallner-Bauer und der Zuser-Bauer mit ihren Frauen. Bereits um vier Uhr nachmittags waren die ersten jugendlichen Gäste eingetroffen, zwei Stunden bevor die eigentliche Party beginnen sollte. Zum einen musste aus dem angrenzenden Wald noch ausreichend Holz für das Lagerfeuer herangeschafft werden, zum anderen wollte man die Schlafzelte aufstellen, bevor es Abend wurde. Nicht allen Jugendlichen war es von ihren Eltern erlaubt worden zu campieren, hauptsächlich waren es die Buben, die mit Zelten und Schlafsäcken bepackt, von ihren Müttern oder Vätern zum Schachinger-Hof chauffiert wurden. Die Wallner Rosi war eines von nur drei Mädchen, die geplant hatten, vor Ort zu schlafen, aber die war ja auch die Freundin des Geburtstagskindes, war sozusagen schon vergeben.

Die anderen beiden Mädels waren die Schulz-Schwestern Angela und Maria, die ein kleines Zelt in Iglu-Form aufgestellt hatten. Die Familie Schulz war erst vor einem halben Jahr aus Norddeutschland ins Mostviertel gezogen und wohnte ganz in der Nähe der Familie Schachinger. Die Schulz-Eltern hatten sich mit den Schachinger-Eltern überraschend schnell angefreundet, was auch der Hauptgrund war, dass ihre Töchter zur Geburtstagsparty vom Roland eingeladen waren. Die Initiative ging da jedoch mehr von den Schachinger-Eltern aus, als dass es der Wunsch des Geburtstagskindes gewesen war, denn Angela und Maria Schulz wurden nicht zuletzt wegen ihres norddeutschen Akzents von den anderen Jugendlichen im Dorf für Außerirdische gehalten, mit denen man besser keinen Kontakt haben sollte.

Die Schulz-Eltern waren sehr glücklich, dass ihre beiden Töchter bei der Party am Nachbarhof dabei sein durften und hatten ihnen extra für das Fest ein modernes, silbrig glänzendes Iglu-Zelt gekauft, das sich wie ein kleines Raumschiff unter den anderen, zum Teil schon ausgebleichten und verschlissenen Campingzelten ausmachte. Karl-Dietrich und Heike Schulz selbst waren auf einer Veranstaltung in Amstetten und würden erst spätabends zu den anderen Erwachsenen stoßen.

Als kurz nach halb acht alle eingeladenen Jugendlichen eingetroffen waren, wurde dem Geburtstagskind ein lautstarkes Ständchen gesungen und anschließend wurde Roland Schachinger mit Geschenken regelrecht überhäuft. Der jedoch bekam das alles nur mehr durch einen Schleier mit, denn er hatte mit seinen zwei besten Freunden, dem Zuser Jakob und dem Wallner Michi, schon je zwei Flaschen Bier und ein Krügerl Most getrunken. Zwar wachten die Erwachsenen über die alkoholischen Getränke, die in einer rostigen Badewanne gekühlt wurden, aber der Schachinger Roland wusste natürlich, wo im Stadel der Biervorrat seiner Eltern gelagert war und so konnte er seine Freunde und sich, ohne Probleme und unbemerkt von den Erwachsenen mit köstlichem Gerstensaft versorgen. Den Eltern gegenüber wurde mehrfach beteuert, dass man jeder nur einen Humpen Most getrunken hatte. Und außerdem – sechzehn wurde man nur einmal in seinem ganzen Leben! Ab jetzt war Moped fahren angesagt! Von seinen Eltern hatte der Roland ein Sachs KTM geschenkt bekommen, nächste Woche würden sie das edle Gefährt aus Amstetten abholen. Er würde der erste seiner Freunde sein, der nicht mehr mit dem Fahrrad fahren musste! Der Schachinger-Roland fühlte sich einfach großartig an seinem sechzehnten Geburtstag!

Der Wallner Rosi war das natürlich aufgefallen, dass sich ihr Freund lieber mit dem Zuser Jakob und ihrem Bruder heimlich betrank, als seinen Geburtstag mit ihr zu feiern, wo sie ihm doch so ein tolles Geschenk gemacht hatte. Ein gemeinsames Wien-Wochenende hatte sie sich ausgedacht, weil der arme Roland noch nie in der Bundeshauptstadt war. Mit dem Zug würden sie von Amstetten zum Westbahnhof fahren, wo sie von ihrer Tante Mitzi abgeholt werden würden, bei der sie schlafen durften und die dafür sorgen sollte, dass „nichts passierte", wie sich die Wallner-Eltern vorsichtig ausdrückten. Den Prater und das Riesenrad wollte die Rosi ihrem Roli, wie sie ihn liebevoll nannte, zeigen und den Stephansdom noch dazu, aber der gute Roland wusste das alles nicht zu schätzen. Der phantasierte nur noch von seinem blöden Moped, hielt sich für den Easy Rider aus dem Mostviertel und betrank sich mit seinen Freunden. Die Rosi saß enttäuscht am Lagerfeuer, starrte traurig in die lodernden Flammen, während ein paar dicke Tränen über ihre Wangen kullerten.

Nicht weit von ihr saß Lambert Zuser und stierte wütend ins Feuer. Auch er hatte sich die Party anders vorgestellt. Er war es gewohnt, immer und überall mit seinem Bruder zusammen zu sein und das gleiche wie er zu tun. Doch heute hatten der nunmehr sechzehnjährige Roland und seine beinahe gleichaltrigen Freunde Jakob und Michi eine unsichtbare und doch spürbare Altersgrenze zu Lambert gezogen. Als er den Roland bat, ihm auch ein Bier zu geben, antwortete der ihm schroff, dass er mit vierzehn noch viel zu jung für Alkohol war. „So eine Gemeinheit!", ärgerte sich Lambert, „in zwei Wochen werde ich fünfzehn. Ich bin nur zehn Monate jünger als mein Bruder, und der bekommt ein Bier und ich nicht!" Noch grantiger wurde er, als ihn die drei Freunde, vom Alkohol schon ein wenig aufgekratzt, überhaupt nicht mehr in ihrer Runde haben wollten und ihn mit den Worten „Wir müssen jetzt was unter Männern besprechen!" aus dem geräumigen Campingzelt des Roland Schachinger verjagten.

Das große „Geheimnis", das der Lambert nicht wissen durfte, war eine Packung Zigaretten, die der Roland seinem Vater aus dem Auto geklaut hatte. Die drei Freunde verzogen sich hinter den großen Holunderbusch am anderen Ende des Gartens, und ein jeder zündete sich ganz lässig einen Tschick an, so wie man es aus dem Fernsehen kannte. Wie richtige Erwachsene zogen sie cool an ihren Glimmstängeln und bliesen den Rauch genießerisch aus. Puuh, das Zeugs schmeckte grauslich, aber natürlich wollte das keiner von ihnen zugeben, in Kombination mit Alkohol ein wahrlich teuflisches Gemisch. Wäre die Musik nicht so laut gewesen, hätte man am Lagerfeuer bestimmt mitbekommen, wie sich das Geburtstagskind ähnlich wie ein röhrender Hirsch in der Brunft übergab.

Mittlerweile war es längst dunkel geworden, und die Nacht hatte ihren schwarzen Mantel über das Mostviertel gestülpt. Die Schulz-Eltern waren aus Amstetten zurückgekommen, saßen bei den anderen Erwachsenen und versuchten sich an den eigenartigen Geschmack des Mostes zu gewöhnen. Der heilige Gral in der rostigen Wanne wurde nun nicht mehr so streng gehütet, und so gelang es auch dem Lambert, eine Halbe Most zu ergattern. Vermutlich war der Geschmack für ihn ähnlich ungewohnt wie für die aus Hannover stammenden Schulz-Eltern. Die Stimmung auf der Party war jedenfalls prächtig, fast alle amüsierten sich. Selbst Angela und Maria Schulz waren mit ein paar Jungs aus dem Dorf ins Plaudern gekommen und fühlten sich schon wie halbe Mostviertlerinnen. Die Musik dröhnte aus dem Kassettenrecorder, zum gefühlt zwanzigsten Mal flog die weiße Taube lautstark durch den Garten der Familie Schachinger, von Lagerfeuerromantik konnte man nicht unbedingt sprechen, und doch schien sich da etwas Romantisches anzubahnen.

Von der Wirkung des Mostviertler Lebenselixiers bereits leicht berauscht, rückte der beinahe fünfzehnjährige Lambert Zuser immer näher an die bereits fünfzehnjährige Rosi Wallner heran. Die schien ihn anfangs gar nicht zu bemerken, erst als er schon fast auf ihrem Schoß saß, nahm sie erstaunt Notiz von ihm. „Eigentlich ein fescher Kerl!“, dachte sie, als sie ihn so vor sich sah. Die blonden Locken leuchteten im Feuerschein, der Lambert gefiel ihr, sie fand ihn sogar hübscher als seinen Bruder. Seit zwei Jahren „ging“ sie nun schon mit dem Roland, wie man unter Jugendlichen sagte, und seit damals hatte sie sich die anderen Jungs im Dorf gar nicht mehr so genau angeschaut, da hatte sie nur mehr Augen für ihren Roli. Aber der Lambert, das musste man ihm lassen, der hatte sich in letzter Zeit richtig gut zusammengewachsen!

„Mågst a an Schluck Most?“, fragte der Lambert und hielt ihr, ohne die Antwort abzuwarten, den noch fast halbvollen Humpen vors Gesicht. Die Rosi starrte ihn entgeistert an. Most hatte sie in ihrem ganzen Leben noch nie getrunken, wie der schon roch. Ihr ekelte immer, wenn sich ihr Vater zum Abendessen ein Glas einschenkte, und ihr dieser faulige Geruch in die Nase stieg.

„Der schmeckt goa net so schlecht!", grinste der Lambert. „Då, kost amål!" Und wirklich, die Rosi nahm das Krügerl und setzte an. Lambert Zuser schaute ihr interessiert zu. Das Trinkgefäß war so groß, dass er vom zarten Gesicht der Rosi Wallner gar nichts mehr sehen konnte. Wie ein „Humpen mit schwarzen Locken" erschien ihm das vor seinem bereits etwas getrübten Auge und plötzlich musste er lautstark losbrüllen vor Lachen.

„Wås is 'n los, du Knirps?", fauchte die Wallner Rosi den Lambert, der einen halben Kopf kleiner war als sie, wütend an und setzte das Glas ab. Der junge Zuser überhörte die Beleidigung und erzählte ihr schon etwas lallend, was ihn so erheitert hatte. Da musste auch die Rosi lachen, setzte den Humpen nochmals an und trank ihn in einem Zug aus.

10. Kapitel

„Es ist immer das Gleiche“, ärgerte sich Susanne Zuser, „ein paar Schneeflocken und in Wien bricht der ganze Verkehr zusammen!“ Sie hatte schon das Schlimmste befürchtet, als sie in der Früh aus dem Fenster schaute und missmutig den neuerlichen Wintereinbruch registrierte. Augenblicklich hatte sie entschieden, nicht mit dem Auto zur Universität für Bodenkultur in den 18. Bezirk zu fahren, sondern öffentlich. Ursprünglich hatte sie geplant, nach der Vorlesung gleich nach Kurzenbach weiterzufahren, aber wetterbedingt dann kurzerhand umdisponiert, im festen Glauben, dass der Spuk am Nachmittag ohnehin vorbei sein würde.

Dick vermummt stand sie an der Haltestelle Bauernfeldplatz im 9. Bezirk und wartete bereits seit über zwanzig Minuten auf den 40A. Elf Minuten Fahrzeit zeigte der Aushang für die Strecke in die Gregor-Mendel-Straße an. Mindestens doppelt so lange schon fror sie, in Schnee und Kälte stehend, ohne auch nur irgendein öffentliches Verkehrsmittel gesehen zu haben. Denn auch der D-Wagen, der für gewöhnlich alle paar Minuten durch die Porzellangasse ratterte und sie frühmorgens aus dem Schlaf riss, war noch nicht vorbeigekommen, weder in die eine noch in die andere Richtung. Überhaupt sah man nur wenige Fahrzeuge, schon gar nicht einen Schneepflug oder ein Streufahrzeug.

Susanne Zuser war im letzten Semester ihres Doktoratsstudiums. Ein paar Vorlesungen und Prüfungen noch und dann hatte sie es geschafft, dann würde sie die große Stadt, die ihr schon mächtig auf die Nerven ging, endlich hinter sich lassen. Gefühlte zwanzig Jahre studierte sie schon in Wien, das war natürlich übertrieben, aber Susanne Zuser hatte das Gefühl, bereits ewig im Studentenheim in der Porzellangasse zu wohnen. Meistens fuhr sie Sonntagabend mit dem Zug nach Wien und dann Mittwoch oder Donnerstag wieder zurück aufs Land, aber diesmal hatte sie ausnahmsweise das Auto genommen, weil sie eine große Zimmerpflanze mit nach Hause transportieren wollte. Schön langsam musste sie sich schließlich auf den Auszug aus dem Heim vorbereiten.

Kurz vor viertel zehn war es mittlerweile geworden, die Vorlesung war um neun Uhr dreißig angesetzt. Viel Zeit blieb da nicht mehr. Nach wie vor schneite es unablässig. An sich mochte Susanne Zuser Winter und Schnee ja, aber nicht in Wien. Draußen am Land, da war es eine Freude, wenn Schnee lag, da sah alles gleich viel freundlicher aus, da war der Winter sinnvoll, aber hier in Wien herrschte zuerst ein Riesenchaos und dann, nach ein paar Stunden oder spätestens einem Tag, verwandelte sich die Stadt in eine überdimensionale „Gatschlacke". Jedes Mal, wenn man außer Haus ging, konnte man nachher garantiert die Kleidung wechseln und duschen gehen. Manche Autofahrer rasten dermaßen rücksichtslos durch die Straßen, dass der braune Matsch bis in Gesichtshöhe spritzte. Einmal, es war vor zwei, drei Jahren, musste Susanne Zuser sogar ihre weiße Strickhaube waschen, weil sie ein paar braune Flecken abbekommen hatte.

Die sechsundzwanzigjährige Tochter von Lambert und Hannelore Zuser freute sich schon auf daheim, auf ihr kleines Häuschen am Hauptplatz von Kurzenbach, das sie vor ein paar Jahren gemietet hatte. Da würde sie am Abend den Ofen mit Holz einheizen und es sich auf der Couch bei einem guten Glas Rotwein bequem machen. Vor fünf Jahren war sie aus ihrem Elternhaus ausgezogen. Sie hatte es einfach nicht mehr ausgehalten, mit ihren Eltern, ihrem Bruder und ihrer Großmutter unter einem Dach zu wohnen, auch wenn es nur an den Wochenenden gewesen war. Mittlerweile war auch ihr Bruder Herbert in eine eigene Bleibe übersiedelt, aber die anderen drei waren immer noch Grund genug, nicht wieder zuhause einziehen zu wollen, auch wenn das Geld immer knapp war, und „Hotel Mama" in vielerlei Hinsicht bequemer gewesen wäre.

„Das Gute an so einem Wetter ist", dachte Susanne Zuser, „dass es in ganz Wien gleich chaotisch zugeht!" Die anderen Studierenden standen mit Sicherheit genauso irgendwo in der Kälte und froren sich den Arsch ab, während sie auf eine Straßenbahn oder einen Bus der Wiener Linien warten mussten. Nur die Glücklichen, die in der Nähe der BOKU wohnten, würden es vielleicht pünktlich in die Vorlesung schaffen, doch wer konnte sich schon eine Wohnung in Währing leisten?

Aber in drei Monaten war Wien ohnehin Geschichte. Susanne Zuser war fest entschlossen, auf dem Land leben zu wollen. Sie hatte noch keine fixe Jobzusage, nur eine unverbindliche Interessensbekundung eines größeren Unternehmens ungefähr zwanzig Kilometer von Kurzenbach entfernt. Zuerst sollte sie einmal ihr Studium abschließen, und dann würde man weitersehen. Sie hatte große Pläne, nicht nur berufsmäßig wollte sie sich Natur und Umwelt widmen, auch in ihrer Freizeit plante sie, sich mehr in diese

Richtung zu engagieren. Gemeinsam mit ein paar Freunden wollte sie dazu beitragen, dass die Grünen bei der nächsten Wahl in Kurzenbach erstmals den Einzug in den Gemeinderat schafften.

„Oh Wunder!", jubelte Susanne Zuser innerlich, als sich endlich ein Bus der Linie 40A langsam aber doch näherte. Über eine halbe Stunde hatte sie zähneknirschend ausgeharrt und schon kurz überlegt, wieder nachhause zu gehen oder zumindest ins ehemalige Café Bauernfeld – den neuen Namen konnte sie sich nicht merken –, um sich bei einem zweiten Kaffee zu wärmen, aber die Vorlesung war doch zu wichtig, um sie einfach sausen zu lassen.

Es gab da ein paar Themen, bei denen die Bürgerinnen und Bürger von Kurzenbach über die Parteigrenzen hinweg einer Meinung waren, und diesen Menschen wollten die Grünen von Kurzenbach eine wählbare Alternative sein. Vor allem die von einigen wenigen Betroffenen herbei geunkte „Biberplage von Kurzenbach" stieß Susanne Zuser und ihren Freunden sauer auf, und man hatte letzten Herbst beschlossen, eine überparteiliche Plattform mit dem Titel „Verein der Freundinnen und Freunde der Kurzenbacher Biber", kurz „Pro-Biber", ins Leben zu rufen, um Widerstand gegen die vom Bürgermeister angedachten Maßnahmen zur Eindämmung der Biberpopulation in der Kurz zu leisten. Ihr Vater hatte dem Vernehmen nach einen mittleren Tobsuchtsanfall bekommen, als er von dieser Plattform erfahren hatte.

„Der wird sich noch wundern", grinste Susanne Zuser, „wenn der erfährt, dass ich als Spitzenkandidatin für die Grünen kandidiere, enterbt er mich garantiert!"

11. Kapitel

Viertel zehn zeigte die Armbanduhr des Bürgermeisters an, als sich Wolfram Hammerer endlich anschickte, seinen Sessel im Sprechstundenbüro zu räumen.

„Eigentlich sollte ich schon längst in der Straßenmeisterei sein!", ärgerte sich Lambert Zuser. Ausgerechnet heute, wo es so viel zu tun gab, dauerte seine Sprechstunde ewig. Der Wagner wollte soeben das Eintreten der Anna-Lena Wajgl melden, als ihn der Bürgermeister anwies, noch einen Augenblick zu warten. In einem kurzen Telefonat kündigte Lambert Zuser seiner Sekretärin eine etwa halbstündige Verspätung an.

„Guten Morgen, Herr Bürgermeister!", grüßte Anna-Lena Wajgl freundlich, als sie das Zimmer betrat.

Der Angesprochene stand augenblicklich auf und streckte ihr die rechte Hand entgegen.

„Tschuldigung, gnä Frau, dass es solange gedauert hat, aber der Hammerer hat mir einen ganzen Roman erzählt!", wälzte der Bürgermeister die Schuld auf den Jungwinzer ab. „Möchten Sie einen Kaffee?" Wie ein richtiger Kavalier half Lambert Zuser der zugezogenen Salzburger Künstlerin aus ihrem Mantel.

„Vielen Dank, Herr Bürgermeister, sehr nett von Ihnen! Aber der Herr Wagner hat mich schon auf einen Kaffee eingeladen!"

„Ah, schau mal einer an! Der Herr Franz, der alte Schwerenöter!", dachte Bürgermeister Zuser. Kaum geschieden, flirtete er schon wieder herum, wenn auch nur von Amtswegen. Naja, musste sich Lambert Zuser eingestehen, unsauber war sie ja nicht, die Wajgl. Mitte vierzig schätzte er sie, groß, blond, gut gebaut, da konnte man sich als Mann schon einmal verschauen, da konnte er dem Gemeindesekretär gar keinen Vorwurf machen. Für ihn selbst kam das ja nicht mehr in Frage. Seit einem kleinen „Gschpusi" mit der Kellnerin vom Sportbuffet Trixi, damals beim Maskengschnas vor gut zehn Jahren, als ihm seine erzürnte Ehefrau, nachdem sie über Umwege, sprich Dorftratsch, davon erfahren hatte, mit der Scheidung drohte, und der Haussegen bei den Zusers wochenlang schief hing, ließ der Bürgermeister von Kurzenbach lieber die Finger von anderen Frauen und ums Sportbuffet Trixi machte er seither sicherheitshalber immer einen großen Bogen.

„Das ist aber nett vom Herrn Wagner! Ja, der ist immer sehr bemüht um unsere Bürgerinnen und Bürger!" Ein wenig hämisch klang das schon, aber Anna-Lena Wajgl schien es nicht bemerkt zu haben. „Womit kann ich Ihnen dienen, gnädige Frau?" Bürgermeister Lambert Zuser wollte seine Sprechstunde, die heute schon an die zwei Stunden dauerte, nun möglichst rasch hinter sich bringen.

„Ja, wissen Sie, Herr Bürgermeister, ich hätte da eine Idee ..."

Anna-Lena Wajgl hatte eine regelrechte „Zuser-Woche" vor sich. Heute war sie beim Bürgermeister in der Sprechstunde, morgen war sie wegen der geplanten Ausstellung bei Hannelore Zuser zum Kaffee eingeladen und am Freitag wollte die Susanne Zuser, ihre vis-à-vis Nachbarin, bei ihr im Töpferladen vorbeischauen, um ihr etwas über die Grünen-Pläne für Kurzenbach zu erzählen. Sie, die Wajgl selbst, war nicht besonders politisch, aber anhören konnte man sich das ja, zumal sie in der Biber-Frage eher auf Seite der Zuser-Tochter stand.

„... die ich gerne mit Ihnen besprechen würde und für deren Verwirklichung ich Ihre Unterstützung bräuchte!"

„Na, was denn sonst!", kochte es in Lambert Zuser. In seinen zweiundzwanzig Jahren Amtszeit war noch nie jemand vorbeikommen, der keine Idee oder keinen Wunsch gehabt hätte, zu deren Verwirklichung er oder sie nicht seine Unterstützung gebraucht hätte. Und wenn wirklich einmal, dann war es jemand, der irgendetwas an irgendetwas auszusetzen hatte, das er, der Bürgermeister von Kurzenbach, wieder irgendwie in Ordnung zu bringen hatte. Noch nie, dachte Lambert Zuser, war jemand beispielsweise mit einer zünftigen Jause und einer Flasche Wein in seiner Sprechstunde aufgetaucht und hatte ihm, dem Bürgermeister von Kurzenbach, ohne irgendwelche persönlichen Hintergedanken für seine jahrzehntelange, aufopfernde Arbeit für die Gemeinde gedankt.

„Ah, das klingt aber interessant!", konnte sich der Bürgermeister seinen Zynismus nicht verkneifen.

„Ich würde gerne am Hauptplatz eine zwei Meter hohe Tonskulptur mit Metallverstrebungen, die in der Nacht wie Sterne leuchten, aufstellen und damit ein modernes Wahrzeichen und eine Touristenattraktion für unser schönes Kurzenbach schaffen!"

So blöd hatte man den Bürgermeister schon lange nicht mehr schauen gesehen. Tonskulptur? Metallverstrebungen? Wie Sterne leuchten? In seinem Gehirn schienen gewisse Vorgänge abzulaufen, aber da sich sein Gesichtsausdruck nicht wesentlich veränderte, dürften sie kein nennenswertes Ergebnis zutage gebracht haben.

„Das müssen Sie mir jetzt aber näher erklären!“ Als Bürgermeister musste man für alle Bürgerinnen und Bürger der Gemeinde ein offenes und interessiertes Ohr haben, auch für die politisch Andersdenkenden und auch für die paar verschrobenen Künstlerinnen und Künstler, die in Kurzenbach lebten. „Die will für ihr komisches Kunstwerk bestimmt nur Geld von mir haben!“, war sich Lambert Zuser sicher, aber dennoch lauschte er gespannt den Ausführungen von Anna-Lena Wajgl.

„Die Finanzierung des Kunstwerks habe ich schon geklärt. Es würde über die Projektschiene Kunst im öffentlichen Raum des Landes NÖ abgewickelt werden. Ich habe da schon eine so gut wie fixe Zusage der zuständigen Stelle und auch bereits eine Kuratorin, die das Projekt seitens des Landes künstlerisch betreuen würde!“

Der Gesichtsausdruck des Bürgermeisters von Kurzenbach hatte sich noch immer nicht wesentlich verändert, nur, dass ihm jetzt auch noch der Mund offenstand. Und die Ohren hatte er plötzlich gespitzt, aber das konnte man nicht wirklich sehen. Finanzierung geklärt? Kunst im öffentlichen Raum? Land NÖ? In seinem Gehirn ratterte es und mit einem Mal gesellte sich zu diesen Schlagworten auch noch „Gemeinderatswahl im Oktober“ hinzu.

„Das einzige, was wir von Ihnen bräuchten, Herr Bürgermeister, wäre die Genehmigung, unser Kunstwerk, das den Namen „Per aspera ad astra“ tragen soll, am Hauptplatz von Kurzenbach errichten zu dürfen. Wenn alles nach Plan abläuft, könnte das Kunstobjekt schon im September feierlich enthüllt werden. Man hat mir seitens des Landes NÖ versichert, dass man sich bemühen wird, die Landeshauptfrau für die Eröffnung zu gewinnen!"

KURZENBACH
ZWEITER TEIL

1. Kapitel

„Sehr verehrte Damen und Herren, liebe Kurzenbacherinnen und Kurzenbacher, ich darf euch sehr herzlich hier bei uns im Café Weber begrüßen, dem quasi letzten kulturellen und gastronomischen Fels in der Brandung von Kurzenbach!"

Lambert Zuser zuckte zusammen. Dieser Weber war schon ein Arsch! Klar, dass der ihm das unter die Nase reiben musste, während er da privat als ganz gewöhnlicher Gast zur Vernissage seiner Frau gekommen war. Seit die drei Wirtshäuser vom Kurzenbach allesamt zusperren mussten, zwei davon verfügten über Veranstaltungsräume, die früher als Ballsäle genutzt wurden, fanden fast alle kulturellen Events beim Weber statt, das waren pro Jahr ein paar Vernissagen und ab und zu ein Diavortrag oder eine Lesung, aber da strömten ohnehin nicht die Massen hin.

„Ganz besonders begrüßen darf ich die ortsansässige Künstlerin, Frau Hannelore Reinsberger-Zuser, die bereits zum dritten Mal in unseren Räumlichkeiten ausstellt, und Frau Anna-Lena Wajgl, die euch nun ein paar einführende Worte über das Werk der Künstlerin zu Gehör bringen wird!"

Applaus setzte ein und Bürgermeister Zuser stellte sich die Frage, wo der Weber wohl sein geschwollenes Deutsch her hatte. „Zu Gehör bringen wird" – so redete mit Sicherheit kein Mensch in Kurzenbach. Naja, der war lange im Ausland, dachte der Zuser, dort haben sie ihm wahrscheinlich sein Geschwafel beigebracht.

„Und anschließend freue ich mich ganz besonders, wenn uns der Kurzenbacher Starwinzer Wolfram Hammerer seine neuesten Hammerweine kredenzen wird. Einen Applaus auch für den Wolfram Hammerer!“

Das ließ sich das Publikum nicht zweimal sagen, und es wurde ein weiteres Mal fleißig in die Hände geklatscht. Die Aussicht auf ein paar gute Achterl Wein vom Hammerer war schon sehr verlockend. Da würde sich auch die Rede der Wajgl leichter ertragen lassen. Es wusste zwar niemand so genau, was da jetzt kommen würde, aber so kurz und schmerzlos wie der alte Hasner würde sie es sicher nicht hinbekommen. Der war ja deswegen immer so schnell fertig mit seinen einführenden Worten, weil er, wie er einmal bei einer Vernissage ehrlich und frei von der Leber verkündete, anschließend rasch zum gemütlichen Teil des Abends übergehen wollte ... bei dem er endlich wieder ein paar Gläschen kippen konnte.

„Ja, und unser fleißiges Bäckerei-Team hat die halbe Nacht durchgearbeitet und für euch frisches Schurgebäck vorbereitet. Ich wünsch euch einen wunderschönen Abend im Café Weber und übergebe das Wort an die Laudatorin, Frau Anna-Lena Wajgl!“

Der Zuser hasste den Weber. Wie der sich immer aufspielte und gescheit daherredete. Und dabei war der „schiach wia da Zins“, wie Großmutter Amalie gesagt hätte, mit seinem überdimensionalen Zinken mitten im Gesicht. Zwar teilte er nicht die Meinung seines freiheitlichen Anglerfreundes Rudi Wasitzky, der behauptete, dass der Reinhold Weber sicher ein „Jud“ war, weil die Juden ja immer so auffällige Riechorgane hatten, aber ein wenig eigenartig war es schon, dass der junge Weber so vom Gesichtsprofil ganz anders aussah als seine Eltern, ganz so, als ob da tatsächlich wer anderer an seiner Entstehung mitgewirkt hatte …

„Liebe Kurzenbacherinnen und Kurzenbacher", erhob Anna-Lena Wajgl ihre Stimme, nachdem der Begrüßungsapplaus verebbt war, „ich freue mich ganz außerordentlich, dass ich heute über das Werk dieser bekannten Kurzenbacher Künstlerin sprechen darf. Es hat mich mit großem Stolz erfüllt, als mich Frau Hannelore Reinsberger-Zuser vor ein paar Wochen gebeten hat, hier und heute diese Ausstellung zu eröffnen. Das ist mir wirklich eine außerordentlich große Ehre!"

Puuh, das konnte dauern, bis der Hammerer mit seinen Hammerweinen auffahren würde! Sicherheitshalber hatte sich der Zuser ein großes Bier bestellt. Die Hälfte hatte er schon getrunken, hoffentlich würde die andere Hälfte reichen, bis die Wajgl mit ihrer Ansprache fertig war.

„Die Künstlerin, die wir alle kennen und schätzen, hier vorzustellen, wäre wie Eulen nach Athen zu tragen oder, wie man hier gerne sagt, Wein nach Kurzenbach zu tragen, …"

Dafür ernte die Wajgl ein paar herzliche Lacher und sogar einen „Bravo"-Ruf, vom alten Hasner wohlgemerkt, nur der Zuser verdrehte die Augen. Schon wieder so ein Geschwafel! Da musste er gleich noch einen Schluck von seinem Bier nehmen.

„… deshalb werde ich mich in meiner Laudatio ausschließlich auf das beeindruckende Werk der Künstlerin beschränken!"

Lambert Zuser wetzte auf seinem Sessel herum. Er saß mit seiner Schwiegermutter, seiner Künstlerinnen-Gattin und seinem Sohn Herbert an einem Tisch. Die gepolsterte Sitzecke war ihm zu eng, da bekam er Platzangst, da war nicht genug Abstand zwischen Bauch und Tisch, das ging sich mit seinen hundertfünfzehn Kilos nicht mehr aus, deshalb musste er mit einem alten Holzsessel Vorlieb nehmen, den der Weber vermutlich von irgendeiner Sperrmüllsammlung her hatte und den er nur deshalb aufgestellt hatte, weil er sich zu wenig bequeme Sessel leisten wollte, dieser alte Schnorrer!

„Hannelore Reinsberger-Zuser ist Autodidaktin, wie man so schön sagt. Das heißt, sie hat sich die Malerei selbst beigebracht. Begonnen hat sie damals, vor etwas mehr als zwanzig Jahren, als ihr Gatte, unser verehrter Herr Bürgermeister, sein Amt übernommen hatte und oft an Veranstaltungen und Sitzungen teilnehmen musste, und Hannelore Reinsberger-Zuser mit einem Mal ein Vakuum in ihrem Leben verspürt hatte, welches sie mit der Malerei gefüllt hat."

„Will die blöde Gans damit sagen, dass ich an diesen Bildern schuld bin?" Lambert Zuser rang nach Luft, nicht nur, weil es im Café Weber aufgrund des großen Publikumsandrangs heiß und stickig geworden war. Er hatte nicht viel übrig für die Bilder seiner Frau, Hauptsache sie hatte etwas zu tun und ließ ihn mit ihrem Hobby in Ruhe. Es war nicht auszumalen, wenn sie stattdessen beispielsweise ständig Wanderungen hätte unternehmen wollen. Fast hätte er lautstark protestiert, dass seine Frau ja auch zu den Veranstaltungen mitgehen hätte können, aber dann nahm er nur einen weiteren Schluck von seinem Bier, das sich schön langsam dem Ende neigte.

„Unsere geschätzte Künstlerin, die nicht nur hier im stilvollen Café Weber schon zweimal ausgestellt hat, sondern auch bereits zweimal in den Räumlichkeiten der Raiffeisenbank Wegendorf, hat sich inhaltlich der gegenständlichen Kunst verschrieben. Für sie ist es von imminenter Wichtigkeit, dass der Betrachter das Dargestellte, ohne den Titel zu kennen, auf Anhieb zuordnen kann. Doch der Künstlerin genügt nicht die bloße Wiedergabe der Realität in ihren Werken, nein, sie lässt stets auch eine Nuance Eigenständigkeit einfließen!"

„Wie man nur so einen Schas daherreden kann!", wunderte sich Bürgermeister Lambert Zuser. Da war ihm der alte Hasner hundertmal lieber, der redete, wie ihm der Schnabel gewachsen war, auch wenn er oft an der Grenze zur Peinlichkeit schrammte. Aber seiner Frau schien die Rede der Wajgl sehr zu gefallen. Fast kam ihm vor, als ob sie im Gesicht ein wenig rot geworden war aufgrund der Lobhudelei, die von der Laudatorin da vom Stapel gelassen wurde. Ihr ganzer Ärger war verflogen, dass ihr das für die musikalische Umrahmung vorgesehene und in der Einladung angekündigte Blockflötentrio zwei Stunden vor Beginn der Vernissage kurzfristig und ohne Angabe von Gründen abgesagt hatte. Die Schwiegermutter vom Zuser gab sich stolz wie ein Pfau, obwohl sie sicher nur die Hälfte mitbekam von dem, was gesagt wurde. Nur sein Sohn Herbert saß gelangweilt da und wartete mit stoischer Ruhe bis das ganze Tamtam vorbei war.

„Ich möchte nun exemplarisch auf zwei ganz typische Bilder der Künstlerin eingehen!", redete sich Anna-Lena Wajgl in Fahrt und deutete mit ihrer rechten Hand auf das

Bild zu ihrer Linken. „Auf Stillleben #7 sehen Sie, liebe Kunstinteressierte, das Lieblingsmotiv der Künstlerin, ein allmorgendliches Stillleben im Frühstücksraum der Familie Zuser. Das Beobachten dieses verwaisten Frühstückstisches ist für sie zu einem täglichen Ritual geworden, das sie in aussagekräftigen Aquarellfarben auf Papier gezaubert hat."

Lambert Zuser brauchte nun auch bald einen Zauberer oder zumindest einen Kellner, denn sein Bier war so gut wie leer. Eigentlich wollte er ja nicht auf diese Vernissage gehen. Der Affront vom Weber, ihm, dem amtierenden Bürgermeister von Kurzenbach, bei der Ausstellungseröffnung seiner eigenen Frau eine Rede zu verbieten, war ungeheuerlich, so etwas war dem Zuser in seiner ganzen Amtszeit noch nicht untergekommen. Aber seine Hannelore hatte ihn tagelang drangsaliert, und dann war da ja auch noch die Sache mit der geplanten Tonskulptur am Hauptplatz, die seine Anwesenheit erforderte.

„Die 7 im Titel lässt zweierlei Schlüsse zu. Es könnte eine versteckte Anspielung auf die sieben Tage der Woche sein, an denen sich dieses Stillleben wiederholt, oder auch auf die Wolke sieben hinweisen, auf der die Künstlerin aufgrund dieses täglichen Stilllebens möglicherweise schwebt."

Der Zuser schwebte auch. Oder zumindest seine Gedanken. Die kreisten nämlich um das Kunstwerk, mit dem ihm die Wajgl vor drei Wochen einen Floh ins Ohr gesetzt hatte. Für die Genehmigung desselbigen brauchte er die Zustimmung der Roten, also musste er es sich mit dem Weber gut stehen, auch wenn er ihn wegen der Vernissage am liebsten durch Sonne und Mond geschossen hätte. Auf seinen Anglerfreund, den blauen Wasitzky, konnte er in dieser Angelegenheit sicher nicht zählen, für den war Kunst gleichbedeutend mit Cholera. Also hatte der Zuser der Wajgl versprochen, bei der Vernissage zu fortgeschrittener Stunde gemeinsam den Weber zu umgarnen und ihm ein wenig Honig ums Maul zu schmieren, um ihn so für das geplante Kunstwerk am Hauptplatz zu gewinnen.

„Das zweite Bild, das den Stellenwert von Hannelore Reinsberger-Zuser in der Bildenden Kunst dieser Region, nein, dieses Bundeslandes, möchte ich richtigerweise sagen, untermauert, ist jenes da drüben zwischen den beiden Fenstern."

Ungefähr fünfzig Hälse drehten sich nach links und exakt doppelt so viele Augen starrten in weiterer Folge auf ein Bild mit dem verheißungsvollen Titel „Ohne Titel".

„Die Raffinesse der Künstlerin besteht unter anderem darin, dass sie ihren Werken mitunter keinen Titel gibt, um so den Betrachter anzuweisen, sich selbst einen zu suchen. Auf diese Art und Weise erzieht uns die Künstlerin zum mündigen und gleichzeitig kritischen Hinschauen, Nachdenken und Hinterfragen!"

Dem Zuser blieb vor Staunen der Mund offen. So einen Blödsinn hatte er überhaupt noch nie gehört. Das konnte doch jeder Volltrottel erkennen, dass auf diesem Bild drei Rehe auf einer Wiese standen. Auf der rechten Seite waren noch ein paar Nadelbäume zu sehen, die wahrscheinlich einen Waldrand darstellen sollten, aber ansonsten hatte das Bild, zumindest empfand das der Zuser so, keine allzu große Aussagekraft.

„Ich möchte mich für Ihre Aufmerksamkeit sehr herzlich bedanken und möchte Frau Hannelore Reinsberger-

Zuser alles Gute für die Ausstellung wünschen! Ich hoffe für die Künstlerin, dass das eine oder andere Kunstwerk den Besitzer oder die Besitzerin wechseln möge. Die Preisliste finden Sie übrigens in der Speisekarte. Hiermit erkläre ich die Ausstellung „Frühlingsgruß“ offiziell für eröffnet!“

2. Kapitel

„Gott sei Dank!“, atmete Herbert Zuser erleichtert auf, als Anna-Lena Wajgl die erlösenden Worte ausgesprochen hatte. Ihre Eröffnungsrede hatte ihn unendlich fadisiert. Zumindest in einem Punkt konnte er die Verwandtschaft zu seinem Vater nicht leugnen – Kunst war für beide ein rotes Tuch.

Herbert Zuser war nur seiner Großmutter zuliebe auf die Vernissage gegangen. Sie war die einzige in der Familie, mit der er sich wirklich gut verstand. Eleonore Reinsberger hatte ihren Enkel von Geburt an in ihr Herz geschlossen und konnte ihm seither keine Bitte abschlagen. Und umgekehrt hatte auch der Herbert stets ein offenes Ohr für die Anliegen und Wünsche seiner Großmutter. Wegen ihr war er bestimmt nicht von zuhause ausgezogen, damals vor zwei Jahren.

Herbert Zuser galt schon als Kind als Sonderling. Er war nicht unbedingt das, was man gemeinhin als schönes Kind bezeichnet hätte. Immer schon war er etwas mollig, trug meist kurz geschorenes Haar und aufgrund einer Sehschwäche von Kindheit an eine große Brille mit schwarzer Fassung und dicken Gläsern. Kein Wunder, dass er in der Schule rasch zum Außenseiter mutierte, bald schon war er die „Brillenschlange“, die von allen verspottet wurde. Und ab der zweiten Klasse Volksschule hatte er einen Spitznamen, der ihm sein ganzes Leben bleiben sollte. Damals lief gerade eine Wiederholungsstaffel von Biene Maja im Fernsehen. Unter den vielen Freunden der berühmten Biene war neben dem faulen Willi, dem Grashüpfer Flip und dem Regenwurm Max auch die Stubenfliege „Puck“.

Von nun an war Herbert Zuser nur mehr „der Puck“. Verständlich, dass er sich aufgrund der Hänseleien in der Schule in seiner Freizeit lieber zuhause verkroch, als dass er mit den anderen Buben in seinem Alter Fußball spielen gegangen wäre, abgesehen davon, dass er aufgrund seiner Körperfülle und seiner Sehbehinderung auch immer der schlechteste im Turnunterricht war, der bei Ballspielen für gewöhnlich als letzter in eine Mannschaft gewählt wurde. Man wusste, wer den „Puck“ im Team hatte, würde wahrscheinlich nicht als Sieger vom Platz gehen.

Herbert Zuser las von frühester Kindheit an viel. Seine Großmutter, eine pensionierte Lehrerin für Deutsch und Geschichte, besaß eine riesige Büchersammlung und versorgte den kleinen Herbert regelmäßig mit altersgerechtem Lesestoff. Wenn sie der Meinung war, dass er eine Pause einlegen und an die frische Luft gehen sollte, dann packte sie den kleinen Stubenhocker an der Hand und unternahm mit ihm einen ausgedehnten Spaziergang. Stundenlang streiften sie durch die Wälder um Kurzenbach und die Elli-Oma, wie der kleine Herbert seine Großmutter nannte, brachte ihrem Enkel außerhalb des Schulunterrichts viele nützliche und interessante Dinge bei. So weckte sie im kleinen Herbert neben der Leidenschaft zum Lesen, auch die Liebe zur Natur und zu den Tieren des Waldes.

Wenig verwunderlich war es daher, dass später, als Herbert Zuser das Gymnasium in der zwanzig Kilometer entfernten Bezirksstadt besuchte, Deutsch und Biologie zu seinen Lieblingsfächern zählten. Er galt als fleißiger Schüler und hatte meist gute Noten, oft fehlte nur wenig auf einen „ausgezeichneten Erfolg" im Zeugnis. Die Reifeprüfung bestand er ohne Probleme, Großmutter Eleonore Reinsberger war ungemein stolz auf ihren Enkel.

Zu seinen Eltern hatte Herbert Zuser, obwohl er bis zu seinem zweiundzwanzigsten Lebensjahr mit ihnen unter einem Dach wohnte, kaum eine Beziehung aufgebaut. Sein Vater war, soweit er sich zurückerinnern konnte, Bürgermeister von Kurzenbach und Herbert bekam ihn meist nur beim Frühstück und an den Wochenenden zu Gesicht. Seine Mutter sah er zwar viel öfter, aber Hannelore Zuser hatte beschlossen, sich der Malerei zu widmen und die Erziehung ihrer Kinder gänzlich in die Hände ihrer Mutter gelegt, auch weil diese nach dem plötzlichen Tod ihres geliebten Gatten im Jahr 1996 auf der Suche nach einem neuen Sinn in ihrem Leben war.

Seiner Großmutter zuliebe verzichtete Herbert Zuser darauf, Biologie zu studieren, obwohl es ihn sehr interessiert hätte. Das Studium und die damit verbundenen Anwesenheitspflichten hätten es erforderlich gemacht, nach Wien zu übersiedeln, und er hätte nur mehr an den Wochenenden in Kurzenbach sein können. Herbert Zuser war kein Muttersöhnchen, nein, er war ein regelrechtes Großmuttersöhnchen.

So pendelte er nach acht Jahren Gymnasium für weitere vier Jahre in die Bezirkshauptstadt und besuchte die dortige Kirchliche Pädagogische Hochschule, wo er ein Bachelorstudium für das Lehramt Primarstufe mit Schwerpunkt „Deutsch" sowie „Naturwissenschaften und Technik" absolvierte und „mit Erfolg" abschloss. Für den Präsenzdienst war er aufgrund seiner Sehbehinderung untauglich und so konnte er bereits ab seinem zweiundzwanzigsten Lebensjahr als Lehrer in der Volksschule Wegendorf unterrichten. In seinen Lieblingsfächern Deutsch und Naturkunde und einmal mehr sehr zum Stolz seiner Großmutter.

Herbert Zuser hielt es nun für an der Zeit, aus dem Elternhaus auszuziehen. Für seine Großmutter war das ein schwerer Schlag, aber dennoch griff sie ihrem Enkel finanziell großzügig unter die Arme, als er sich im benachbarten Hasendorf ein kleines Haus kaufen wollte. Sein neues Zuhause war direkt am Waldrand gelegen, dort, wo der kleine Herbert mit seiner Elli-Oma früher oft spazieren gegangen war. Ein kleines Häuschen im Grünen – das war schon damals sein großer Traum gewesen!

„Liebe Anna-Lena Wajgl, ich danke Ihnen sehr, sehr herzlich für diese wunderbare Einführung. Noch nie ..."

Dem alten und dem jungen Zuser drehte sich synchron der Magen um, als nun die Künstlerin höchstpersönlich das Wort ergriff und sich anschickte, das soeben Gehörte in epischer Breite zu kommentieren.

„... hat jemand so einfühlsam über meine Aquarelle gesprochen und ..."

Lambert Zuser schielte auf den Nachbartisch hinüber, wo Vizebürgermeister Helmut Hasner gemütlich vor sich hin schlummerte. Ganz offensichtlich hatte er den Seitenhieb der Künstlerin nicht mitbekommen.

... gleichzeitig so viel Einblick in mein Schaffen gewährt!"

Reinhold Weber schien bemerkt zu haben, dass dem Publikum nun nicht mehr viel an Reden zugemutet werden durfte. Plötzlich stand er mit zwei prächtigen Frühlingsblumensträußen zwischen den elegant gekleideten Damen und riss das Wort an sich.

„Liebe Hannelore Reinsberger-Zuser, liebe Anna-Lena Wajgl, ich bedanke mich sehr herzlich bei Ihnen beiden für diesen unvergesslichen Abend. Als kleines Dankeschön des Hauses hab ich für Sie beide einen bunten Jahreszeitengruß vorbereitet! Einen kräftigen Applaus, bitteschön!"

„Gar nicht so ungeschickt, dieser Weber!", musste Lambert Zuser zugeben. Der hatte seiner Hannelore sehr elegant das Wort abgeschnitten. Er, Lambert Zuser, hatte schon das Schlimmste befürchtet. Er kannte seine „Hanni". Die redete oft stundenlang fast gar nichts, aber wenn sie einmal in Fahrt war, dann konnte sie nichts und niemand mehr stoppen, dann wurden alle um sie herum zu Statisten.

„Ja, und nun, meine sehr geehrten Damen und Herren, liebe Kurzenbacherinnen und Kurzenbacher, darf ich unseren Starwinzer Wolfram Hammerer um seine „Blumen“ bitten!“

Neuerlich setzte lautstarker Applaus ein, während sich der junge Hammerer den Weg Richtung Raimund Weber bahnte, in der rechten Hand eine Flasche Wein, in der anderen ein leeres Glas.

„Liebe Freunde der Kunst und des guten Geschmacks, ich ...“

Wolfram Hammerer hatte sein typisches Outfit gewählt, ausgewaschene Jeans, weißes Hemd und darüber seinen modischen Kalmuck-Janker, den er rund um die Uhr trug, wie es Lambert Zuser schien.

„... freue mich ganz außerordentlich, euch heute hier im Café Weber drei meiner besten Hammerweine präsentieren zu dürfen! Als erstes hab ich euch einen jungen Veltliner aus dem Jahr 2017 mitgebracht, den neuesten „GV Hammer“, und ich kann euch versprechen, der ist wirklich ein Hammer!“

Während Wolfram Hammerer seinen Grünen Veltliner in höchsten Tönen lobte und anpries, zwängten sich zwei Kellnerinnen mit vollbeladenen Tabletts durch das Lokal und verteilten die Gläser. Hie und da konnte man ein leichtes Murren vernehmen, weil die Gläser nicht wirklich voll eingeschenkt waren. Es war eher nur ein besseres Kostschluckerl, das da kredenzt wurde, und man wusste nicht recht, war der Hammerer so ein Schnorrer, oder hatte der Weber absichtlich weniger einschenken lassen, um nachher selbst noch ein Geschäft zu machen ...

„Mein GV Hammer ist von zartgrüner Farbe“, der junge Hammerer hatte sich in der Zwischenzeit selbst eingeschenkt, hatte mit Sicherheit doppelt so viel wie alle anderen im Glas, und hielt das Behältnis mit dem edlen Gesöff kennerisch Richtung Deckenfluter, „er hat einen hohen Säuregehalt, ist sehr körperreich und extrem langlebig. Nur schade, dass ich nicht so viel davon habe, dass er alt werden könnte! Mein GV Hammer 2017 hat eine pfeffrige Würze und eine zarte Note von Apfel, Birne, Zitrus und Marille. Und dieser kostbare Tropfen wächst im Kellerweingarten, der besten Veltliner-Lage im ganzen Kurztal, wie ihr sicher alle wisst! Prost, meine Freunde, lasst es euch schmecken!“

An Selbstbewusstsein hatte es dem jungen Hammerer noch nie gemangelt. Der war ja wirklich davon überzeugt, dass seine Weine gut waren. Nachdem Lambert Zuser mit seiner Gattin Hannelore, seiner Schwiegermutter Eleonore und seinem Sohn Herbert auf die gelungene Vernissage angestoßen hatte und mit seinem Glas in alle Richtungen den Nachbartischen zugeprostet hatte, nahm er einen Schluck vom Grünen Veltliner.

Heute war wirklich alles, was Rang und Namen hatte, der Einladung ins Café Weber gefolgt. Am Nachbartisch saßen der wieder erwachte Vizebürgermeister Hasner und ein paar Gemeinderäte, daneben hatte sich die örtliche Sparkasse einen Tisch reserviert, und vom Direktor bis zu den Schalterbeamtinnen waren alle zur Vernissage gekommen. Am Tisch hinter Lambert Zuser hatte der Weber seine roten Parteifreunde versammelt und daneben hatte sich die Seniorenrunde rund um Johanna Huber geschart. Der Zuser hoffte inständig, dass die alte Huber mittlerweile so schlecht sah, dass sie ihn nicht mehr erkennen konnte. Auf eine weitere Gackerlsackerlautomaten-Episode konnte er getrost verzichten.

Selbst Gemeindearzt Friedrich Czulak war zur Vernissage gekommen, der Zuser hatte ihn seit der Sache mit der Führerscheinabnahme im letzten Dezember nicht mehr gesehen. Naja, gesehen hatte er ihn damals ja auch nicht, nur gehört, als er tobend beinahe die Haustür der Zusers eingetreten hatte.

Einen Tisch weiter entdeckte der Zuser die feuerroten Haare seiner Tochter Susanne. „Die braucht sich gar nicht an unseren Tisch trauen!", hatte er grantig gemeint, als seine Schwiegermutter vorhin freudig verkündet hatte: „Jö, schaut's, die Susi ist auch da!" Seit Susanne Zuser letzten September Obfrau der Initiative „Verein der Freundinnen und Freunde der Kurzenbacher Biber" geworden war, hatten Vater und Tochter kein Wort mehr miteinander gewechselt.

Lambert Zuser kannte alle im Lokal, selbst die paar Wegendorfer, die sich im hintersten Eck zusammengerottet hatten. Da war die Keramikerin, die Bekannte von der Wajgl, von der ihm nie einfiel, wie sie hieß, irgendein tschechischer Name war es, „Krajicek" oder „Krasicek" oder so ähnlich, die war mit ihrem Mann gekommen, dann noch die Breitner Gerti mit ihrem Mann, sie arbeitete im Lagerhaus und er auf der Raiffeisenbank, und dann saß noch der Fritz Dorfner bei ihnen am Tisch. Das war der berüchtigte „Bioweinbauer von Wegendorf", der Spinner, der von allen im Ort belächelt wurde. Wahrscheinlich wollte der mal einen richtigen Wein kosten!

„Als nächstes darf ich euch meinen 2017-er Hammer-Riesling vorstellen! Der nächste Hammer – es geht quasi Schlag auf Schlag!"

Dem Wolfram Hammerer gefiel es offensichtlich, das Publikum mit seinen seichten Wortspielen zu unterhalten. Vor allem am Tisch der Seniorenrunde konnte er damit mächtig punkten. „So ein gscheiter Bua!", befand Johanna Huber, die Vizebürgermeisterwitwe, und eine ihrer Freundinnen pflichtete ihr dermaßen lautstark bei, dass sich mehrere Gäste augenblicklich nach ihr umdrehten. „Jå, und so a fescher Kampl no dazua!"

Lambert Zuser konnte diese Expertise ganz und gar nicht teilen. Was um alles in der Welt sollte an diesem eingebildeten Gockel mit seiner Schmalzlocke fesch sein?

„Mein Hammer-Riesling ist ein Urgesteinsriesling und stammt aus der besten Lage im ganzen Kurztal, von unserem berühmten Schmalzberg. Weil es ein 2017-er Jahrgang ist, ist der Wein noch sehr säurebetont. Ich würde diesen Riesling als rassig, lebendig, frisch-elegant und mineralisch bezeichnen. Wie jedes Jahr hat unser Hammer-Riesling eine typische pikante, fruchtige Säure. Und überzeugt euch selbst, liebe Freunde, zarte Fruchtaromen nach Steinobst, in erster Linie würde ich sagen Marille, und exotischen Früchten bestimmen den Charakter dieses außergewöhnlichen Weines!"

So wie der junge Hammerer jetzt seinen Gewürzprüfer ins Glas hängte, taten es ihm fast alle im Raum gleich. Ein mehrstimmiges „Mmmhhh“ und „Aaahhh“ ging durch die Runde. Ja, der Hammerer hatte recht, da konnte man die Marille förmlich heraus riechen.

„Prost, meine Freunde, auf diesen wunderschönen Abend!“

Die Weinkellernachbarn Wolfram Hammerer und Reinhold Weber waren nicht gerade die besten Freunde. Der Weber hatte den Hammerer schon des Öfteren angezeigt, wenn der im Sommer nach zweiundzwanzig Uhr im Freien noch Wein ausschenkte. Ohrenzeugen zufolge war es da einige Male zu heftigen Schreiduellen zwischen den beiden gekommen. Dass sie sich heute bei der Vernissage so friedlich gebärdeten, war dem Charme von Hannelore Reinsberger-Zuser zu verdanken, denn ursprünglich wollte weder der Weber den Hammerer in seinem noblen Café seinen „Sauraumpfer“, wie er geringschätzig meinte, präsentieren lassen, noch wollte der Hammerer seine edlen Weine in dieser „Grindhütt’n“, wie er sich abfällig äußerte, ausschenken.

Lambert Zuser nahm einen Schluck Riesling, dann stand er auf, um sich den Weg zur Toilette zu bahnen. Schon während der elendslangen Rede der Wajgl hatte er ein Bedürfnis verspürt, dann aber wieder darauf vergessen. Doch jetzt musste es sein! Und zwar dringend und ohne Umschweife! Dass das bei einem Bürgermeister, selbst wenn er gleichsam privat auf einer Veranstaltung war, nicht so schnell ging, war einleuchtend. Mehrere Hände musste er schütteln und die eine oder andere wichtige Frage auf der Stelle beantworten. Der letzte Tisch, an dem er vorbei musste, war ihm der unangenehmste, denn dort saß der Czulak.

„Na, Herr Bürgermeister, heute ganz privat da?", grinste der Gemeindearzt schadenfroh. Er hatte mit Genugtuung registriert, dass der Zuser heute nicht begrüßen durfte. „So können Sie sich schon gut auf die Politpension einstimmen!" Als der Czulak im Dezember gegen die Zuser-Haustür drosch und herumbrüllte, hatte er Lambert Zuser auch das „Du-Wort" entzogen. Das schien er sich bei all seiner Wut gemerkt zu haben.

„Herr Doktor, bitte aufpassen beim Heimfahren! Nicht, dass der Führerschein gleich wieder weg ist!" Lambert Zuser hatte genau die richtige Antwort parat, deutete hämisch grinsend auf das Weinglas des Gemeindearztes und verschwand sicherheitshalber schnell auf der Toilette.

„Last but not least, freue ich mich, euch nun die Perle meiner Hammerweine zu präsentieren, den Zweigelt-Hammer aus dem Jahr 2015. Wie ihr wisst, war das im Kurztal ja so etwas wie der Jahrhundertjahrgang! Also langsam und mit Andacht trinken!"

Lambert Zuser starrte ungläubig in sein Glas. Das Rotweinglas war zwar um einiges größer, aber dem Zuser kam vor, als ob noch weniger Flüssigkeit im Glas war als bei den Weißweinen. Ja, dieses Mini-Schluckerl musste man wirklich mit Andacht trinken!

„Unglaublich tiefes Rot kennzeichnet unseren Hammer-Zweigelt. In der Nase zeigt der Wein tiefe Fruchtaromen nach frischen Kirschen und dunklen Beeren, unterstützt von einem Hauch Zimt. Am Gaumen schmeichelt unser Überdrüberhammer ebenfalls mit saftiger Frucht gepaart mit feiner Würze. Der volle Körper wird von einer feinen Säure getragen, bitte achtet auf den langen und vollen

Abgang! Dieser Wein passt wunderbar zu Nudelgerichten und Käse, aber natürlich auch zu Schurgebäck. Prost, Freunde!“

Einen kleinen Seitenhieb auf das etwas mickrige Buffet konnte sich Wolfram Hammerer nicht verkneifen. Da rückte er mit seinen besten Hammerweinen an, und der Weber tischte dazu bloß ein paar eingeschrumpelte Semmeln von vorgestern auf …

4. Kapitel

„Schau, Bertl, då schwimmt a Råtz!" Mit dieser Expertise wurde die erstmalige Sichtung eines Bibers in Kurzenbach dokumentiert. Lambert Zuser und sein freiheitlicher Freund Rudi Wasitzky saßen auf ihren Klappsesseln am Kurzufer und hatten schon seit gut zwei Stunden ihre Angeln ausgeworfen. Leider wollte es an diesem Tag, es war der 14. Mai des Jahres 2016, nicht so recht klappen. Bei noch keinem der beiden hatte ein Fisch angebissen. Aber weil der Rudi einen Flachmann mit einem herrlich schmeckenden Obstler mitgebracht hatte, war die Stimmung der beiden Anglerfreunde dennoch gut.

Tatsächlich, da schwamm etwas, aber für eine Ratte schien es Lambert Zuser trotz Abenddämmerung und Obstlerbenebelung doch etwas zu groß. Das Ungetüm schwamm ans gegenüberliegende Ufer und kroch an Land. Dem Wasitzky und dem Zuser blieb vor Staunen der Mund weit offen. Die vermeintliche Ratte war sicher einen halben Meter lang. „Du, Bertl, i glaub des is goa ka Råtz!"

Die Freude über den ersten Kurzenbacher Biber war anfangs sehr groß. Fast jeder im Dorf wollte ihn sehen, und in den Wochen nach der ersten Bibersichtung herrschte in der Abenddämmerung reges Treiben an der Kurz. Manche hatten Glück und bekamen den großen Nager tatsächlich zu Gesicht, er war also doch keine alkoholbedingte Einbildung des Bürgermeisters und des freiheitlichen Gemeinderats.

Es dauerte allerdings nicht lange, da sah man schon die ersten angeknabberten Baumstämme am Kurzufer und

Anfang September fällte Bruno, der Biber, wie er im Dorf liebevoll genannt wurde, seinen ersten Baum. Hie und da regte sich Unmut, aber die meisten verziehen dem Biber, weil es ja eh nur ein Baum war und ein kleiner noch dazu.

Der darauffolgende Winter war lang und kalt, und als es endlich wieder Frühling wurde, hatten die meisten im Dorf den Biber vergessen. Erst Ende Mai wurden vermehrt Spuren entdeckt, dass Bruno wieder da war. Mehr noch, Biber Bruno schien es im Vorjahr in Kurzenbach so gut gefallen zu haben, dass er nun seine ganze Großfamilie mitgebracht hatte. Das wirkte sich allerdings nicht gut auf den Baumbestand am Kurzufer aus. Immer öfter sah man einen gefällten Baum, und das Fass endgültig zum Überlaufen brachte die Biberbande, als sie Mitte August 2017 der mächtigen Pappel, dem wohl ältesten Baum an der Kurz, den Garaus machte.

Da glühte das Telefon des Bürgermeisters, und die Kurzenbacherinnen und Kurzenbacher gaben sich gleichsam die Türklinke des Sprechstundenzimmers in die Hand. Grundtenor aller Anrufer und Besucher war, dass er endlich etwas gegen die Biberinvasion und den Biberterror unternehmen sollte! Um Zeit zu gewinnen, berief Lambert Zuser für Mitte September eine Bürgerversammlung ein, aber das schien vielen im Dorf zu lange zu dauern, und der Unmut wuchs von Tag zu Tag.

Die Situation spitzte sich endgültig zu, als die böse Biberbande Ende August eine weitere große Pappel an der Kurz gefällt hatte und am 8. September 2017 in alle Postkästen von Kurzenbach, Hasendorf, Mallerbach und Pichling ein zweiseitiges Flugblatt eigenartigen Inhalts flatterte:

MACHEN WIR ES WIE DIE DEUTSCHEN!

In Bayern serviert man Biber mit Semmelknödeln!

Der Biber war fast ausgestorben. Jetzt gibt es wieder so viele Tiere, dass sie zur Plage werden. Sie stehen noch unter strengem Schutz. Bayern hat einen Weg gefunden, den Bestand zu kontrollieren.

Biber mit Schmalz. Oder gespickt mit Speck und Trüffeln. In Bockbier gekocht, auf Zwiebeln gedämpft oder mit Lorbeerblättern in der Kasserolle geschmort – solche Rezepte für Biberfleisch sind plötzlich wieder gefragt. Es gibt Biberschinken, Biberburger, Bibernockerln.

„Biber schmeckt lecker", versichert ein Jäger, der schon einige Tiere erlegt und zubereitet hat. Ein anderer sagt, das Fleisch erinnere ihn an Rehwild. Immer mehr Biber landen im Kochtopf – nicht obwohl, sondern weil die Tiere streng unter Naturschutz stehen.

Der CSU-Umweltpolitiker Josef Göppel spricht denn auch von einer großartigen Erfolgsgeschichte: „Wenn sich der Bestand so erfreulich entwickelt, darf der Mensch den Biber auch nutzen." Sprich: Er soll ihn auch verspeisen. Schützen durch Nutzen heißt das Prinzip.

Mönche aßen früher Biberfleisch während der Fastenzeit, weil die Tiere wie Fische im Wasser lebten. Der auffällige Schwanz, die beschuppte Kelle, galt als Delikatesse. Über Jahrhunderte waren Fleisch und Pelz der Nager begehrt.

Als Folge der starken Bejagung war der Biber in Deutschland fast ausgerottet. Nur an der Elbe in Sachsen-Anhalt überlebte eine kleine Population. In Brandenburg wanderten inzwischen wieder Biber aus Polen ein und breiteten sich nach Westen aus.

In Süddeutschland wurde Mitte der 1960er-Jahre begonnen, Biber auszuwildern. Die Tiere haben sich seither unaufhaltsam vermehrt. Heute wird der Bestand bundesweit auf etwa 30.000 Tiere geschätzt – rund 20.000 Biber leben allein in Bayern.

Naturschützer schwärmen vom Biber als Förderer der Artenvielfalt. Die Tiere bauen Dämme, stauen Bäche auf und schaffen damit neue Lebensräume. Wo Biber heimisch sind, gibt es mehr Libellenarten, breiten sich seltene Vögel und Amphibien aus.

Für die Landwirtschaft dagegen werden die Tiere zur Plage: Sie setzen Felder und Wiesen unter Wasser, untergraben Böschungen und fällen Bäume, um ihre Biberburgen zu errichten. Zum Ausgleich von Schäden stellt Bayern jährlich 450.000 Euro zur Verfügung.

Werden die Schäden aber zu groß, dürfen Biber mit Genehmigung der zuständigen Naturschutzbehörden gejagt werden. 2015 wurden 1.435 Exemplare „aus der Natur entnommen“, wie es offiziell heißt. Die Zahlen für das vergangene Jahr werden gerade ermittelt.

Zunächst stellen Jäger entsprechend große Drahtkäfige auf und locken Biber mit Äpfeln als Köder in die Falle. Die Tiere sind Vegetarier und ernähren sich von Gräsern, Blättern und der Rinde von Bäumen. Mit einem gezielten Schuss werden die gefangenen Biber getötet.

Nach der Beschau durch einen Amtsveterinär kann das Fleisch verzehrt werden. Der Artenschutz verbietet es jedoch, Biber kommerziell zu vermarkten: Sie dürfen nicht verkauft werden, und es ist auch nicht erlaubt, sie auf der Speisekarte eines Restaurants zu führen.

Biberessen finden daher meist im privaten Rahmen statt, in Sportvereinen oder Stammtischgruppen. Auch der Jäger und Gastronom Jürgen Füssl im oberpfälzischen Altenstadt serviert seine Bibergerichte im Kreis von Freunden und Bekannten. Das Fell lässt er sich zu einer Mütze verarbeiten.
Im vergangenen Jahr hat Füssl sieben Biber erlegt. Bis zum Ende der Jagdzeit Ende März hofft er, noch zwei oder drei Tiere zu fangen; ein ausgewachsenes Exemplar wiegt bis zu 30 Kilogramm. Das Fleisch bereitet er als Gulasch und als Fleischpflanzerl zu. Zu diesem „Duett vom Biber" reicht er Blaukraut und Rosenkohl, Pastinakenpüree und gebratene Semmelknödel.
Der Biber ist das beliebteste Wildtier der Deutschen, weit vor Wolf und Waschbär. Zwei Drittel der Bevölkerung wünschen sich laut einer Umfrage, dass er sich weiter ausbreitet. Die Möglichkeit, Biber in begründeten Fällen zu jagen, wertet der bayerische Bauernpräsident Walter Heidl als Erleichterung für ein friedliches Miteinander von Landwirtschaft und Naturschutz.
Die Tiere haben keine natürlichen Feinde. Seit rund einem Jahrzehnt wird der Bestand daher in Maßen reguliert, was inzwischen relativ geräuschlos funktioniert. Heidl ist sich ziemlich sicher: „Die meisten Naturschützer in Bayern wissen, wie Biber schmecken."

(Quelle: www.welt.de)

Dieses ominöse Flugblatt war jedoch nicht von der Post zugestellt worden, nein, irgendjemand hatte es in einer Nacht- und Nebelaktion flächendeckend verteilt, wobei das kein Einzelner gewesen sein konnte, so viel stand fest, da waren mit Sicherheit mehrere Personen beteiligt. Es gab die unterschiedlichsten Vermutungen, wer hinter dieser Aktion stecken mochte, aber niemand in Kurzenbach hatte irgendetwas gesehen oder gehört. Der Schranz und ein paar seiner blauen Gesinnungsgenossen wurden ebenso dahinter vermutet, wie irgendwelche Verrückte oder einfach nur ein paar Spaßvögel.

Die Empörung im Ort war groß. Einige wenige freuten sich zwar, dass da irgendwelche Unbekannten eindeutig Stellung bezogen hatten und den Bürgermeister noch mehr unter Druck setzten, aber für die meisten Kurzenbacherinnen und Kurzenbacher ging das doch zu weit. Dass man etwas gegen die Biberplage an der Kurz tun musste, war für viele klar, sei es die Bäume mit Drahtgestellen zu schützen oder diese frechen Nager mit Lebendfallen einzufangen und woanders wieder auszusetzen oder im Extremfall sie auch abzuschießen, aber dass sie in den heimischen Kochtöpfen landen sollten, dafür konnte sich wahrlich niemand erwärmen.

Drei Tage nach Auftauchen des Flugblattes und vier Tage vor der anberaumten Bürgerversammlung gründete sich die überparteiliche Initiative „Verein der Freundinnen und Freunde der Kurzenbacher Biber“, kurz „Pro-Biber“ genannt. Zur Vorsitzenden wurde Susanne Zuser gewählt. Bei der Gründungssitzung wurden bis spät in die Nacht Zielsetzungen, Forderungen und Lösungsansätze diskutiert. Bis zur Bürgerversammlung wollte man ein Infoflugblatt erstellt haben, um sich seriös präsentieren zu können und um Mitglieder anzuwerben. Es gab viel zu tun, und die Zeit drängte

5. Kapitel

„Geh, Gerti, gib ma no an Spritzwein!“ Rudi Wasitzy war der einzige Gast im Sportbuffet Trixi an diesem Freitagabend im April.

„Gerne, Herr Rudi!“, erwiderte Gertraud Wiesner, die Pächterin des Sportbuffets und machte sich daran, den Wunsch ihres Stammgastes so rasch wie möglich zu erfüllen. Das Soda aus der Schankanlage und dazu den Wein aus der Dopplerflasche. Schon stand ein herrlich prickelnder Spritzwein vor Rudi Wasitzky.

„Daunk da schee, Gerti!“ Das freiheitliche Urgestein nahm sogleich einen herzhaften Schluck. Mmmhhh, das schmeckte köstlich! Wenn selbst der vierte Gespritzte noch dermaßen mundete, konnte das kein schlechter Tag sein! Der Rudi Wasitzky hatte es gut, er wohnte nur etwa drei Gehminuten vom Sportplatz entfernt, da war ihm das Sportbuffet Trixi zum zweiten Wohnzimmer geworden. Umso mehr, als vor drei Jahren seine Frau verstarb. Seit damals war er auch treuer Abnehmer des Mittagsmenüs geworden. Täglich außer Montag verwöhnte Gerti Wiesner ihre Gäste mit deftiger Hausmannskost. Seit es in Kurzenbach keine Wirtshäuser mehr gab, war das Sportbuffet Trixi mittags, wenn die Heurigen noch nicht geöffnet hatten, zu einer wahren Goldgrube geworden.

„Nix los heit!“, grantelte die Gerti und setzte sich auf die Bank zum Wasitzky. Aber das war zu erwarten, dass die Vernissage im Café Weber ihr die Gäste wegnehmen würde. Der Weber war ihr überhaupt ein Dorn im Auge. Wenn das stimmte, was die Leute im Ort erzählten, dann wollte der ja sein Café zu einem Restaurant ausbauen, und dann würde sie mit ihrem Mittagsmenü bald einpacken können.

„Jå, de deppate Vernissage!", pflichtete ihr der Herr Rudi bei. Er war stolz darauf, noch nie bei einer Kulturveranstaltung gewesen zu sein. Für ihn war Kunst die reinste Geldverschwendung. Und zu so einer Veranstaltung hinzugehen war die größte Zeitverschwendung, die er sich vorstellen konnte. Auf die paar Achterl Wein vom Hammerer, die man da gratis bekam, konnte er getrost verzichten, da saß er lieber bei der Gerti und zahlte für seine Spritzweine. Ein Euro fünfzig pro Glas, meistens ging das letzte dann eh aufs Haus, vielleicht noch ein Brot mit Geselchtem oder einen Toast dazu, mit zehn bis zwölf Euro konnte man sich im Sportbuffet Trixi schon einen schönen Abend gönnen.

Apropos Hammerer, ein bisschen ein schlechtes Gewissen hatte der Rudi Wasitzky schon, denn wenn alles glatt ging, würde der aufstrebende Jungwinzer ja auch bald ein Mittagsmenü anbieten. Er hatte dem Zuser versprochen, dass er und seine freiheitlichen Kollegen für die Umwidmung von Grünland in Bauland stimmen würden, und natürlich würde das geplante Lokal vom Hammerer für die Gerti eine weitere Konkurrenz ums Mittagsgeschäft sein. Aber, so war er sich sicher, die Gerti hatte genug Stammgäste, die sicher nicht zum Hammerer abwandern würden. Die Arbeiter vom Bauhof, zum Beispiel, die kamen immer zur Gerti, und die Angestellten von den paar verbliebenen Betrieben in Kurzenbach waren auch treue Gäste, ja, selbst die Leute vom Lagerhaus in Wegendorf kamen einmal die Woche zur Gerti Mittagessen. Dann noch die alleinstehenden Pensionisten und die paar Arbeitslosen, die es in Kurzenbach gab. Mit fünf Euro neunzig für Hauptspeise plus Suppe oder Nachspeise war die Gerti auch sehr preiswert, das musste man ihr lassen! Der Hammerer würde mit Sicherheit teurer sein, und das musste man sich erst einmal leisten können und wollen.

„Das haben wir notwendig gehabt, dass der Weber den Betrieb von seinen Eltern übernimmt!" Gerti Wiesner war absolut kein Fan von Reinhold Weber. Sie hatte ihn schon damals, in der gemeinsamen Volksschulzeit, nicht leiden können. Er war immer der Herr Wichtig gewesen, der sich ständig in den Vordergrund drängen musste. Und bei allem musste er der Gescheiteste sein! Richtig naseweis war der, kein Wunder bei so einem Zinken!

„Ja, der hätt' ruhig noch länger im Ausland bleiben können!" Rudi Wasitzky war da einer Meinung mit der Wirtin. Bevor der Weber vor knapp zwei Jahren aus der Schweiz nach Kurzenbach zurückgekehrt war, hatten sich die Roten im Ort in einer Art Dornröschenschlaf befunden. Wenn sie bei den Wahlen nicht am Stimmzettel gestanden wären, hätte man gar nicht gewusst, dass es sie überhaupt gab. Aber mit dem Weber waren sie zu neuem Leben erwacht, und seine gastronomischen Ausbaupläne und sonstigen touristischen Ideen fanden im Ort durchaus Zustimmung. Rudi Wasitzky hatte dem Zuser ja hauptsächlich deshalb versprochen, für die Umwidmung des Hammerer-Grundstückes zu stimmen, weil er dem Weber eins auswischen wollte. Der Junge konnte bei der Wahl tatsächlich gefährlich werden, und da galt es, ihm ein wenig den Wind aus den Segeln zu nehmen!

Rudi Wasitzky war mittlerweile siebenundsechzig Jahre alt und seit einunddreißig Jahren Gemeinderat in Kurzenbach. Als ehemaliger Justizwachebeamter in der Bezirkshauptstadt genoss er schon seit dreizehn Jahren den Ruhestand und hatte ausreichend Zeit, sich der Kommunalpolitik zu widmen. Sein einziges Hobby war das Angeln in der Kurz, eine Leidenschaft, die ihn über die Jahre mit Bürgermeister Zuser freundschaftlich verbunden hatte. Rudi Wasitzky galt als gemäßigter Freiheitlicher, einer vom alten Schlag. Zum Zweiten Weltkrieg äußerte er sich nicht, gelegentlich, nach ein paar Spritzweinen, erzählte er harmlose Judenwitze, wie er gerne betonte, aber mit Burschenschaften hatte er nichts am Hut. Ausländer mochte er nicht, vor allem nicht in Kurzenbach. Über die fünf Asylanten, die Kurzenbach aufgenommen hatte und die in Mallerbach wohnten, schaute er großzügig hinweg. Solange es nicht mehr wurden, und sie ihn nicht beim Angeln störten oder bei der Gerti die Spritzweine wegtranken, waren sie ihm „ziemlich wurscht“, wie er sich auszudrücken pflegte.

6. Kapitel

Während im Sportbuffet Trixi Spritzwein um Spritzwein in den einzigen Gast des Abends wanderte, platzte ein paar hundert Meter weiter das Café Weber aus allen Nähten. Gegen zwanzig Uhr, also eine Stunde nach Beginn der Vernissage, als man sich ziemlich sicher sein konnte, dass das offizielle Tamtam endlich vorbei war, strömten immer mehr Gäste ins Café. Vielleicht gab es ja noch ein paar edle Winzertropfen zu verkosten ...

Und tatsächlich, der Hammerer ließ sich nicht lumpen. Die Befürchtung, dass diese homöopathische Dosis, die während der Vernissage von jeder Sorte ausgeschenkt wurde, alles gewesen war, bewahrheitete sich zum Glück nicht. Man bekam von allen Weinen reichlich nachgeschenkt, die Kellnerinnen hatten alle Hände voll zu tun, um die ihnen entgegengestreckten Gläser zu füllen.

„Es geht uns schon gut!", meinte beispielsweise Vizebürgermeister Helmut Hasner, der insgeheim froh war, dass er da heute nicht hatte reden müssen, sondern sich ausschließlich auf den gemütlichen Teil konzentrieren konnte. Seit neunzehn Jahren war er mittlerweile Vizebürgermeister, er hatte Dr. Ferdinand Huber nach dessen Tod 1999 politisch beerbt, seit über einem Jahrzehnt war er mit den Kulturagenden von Kurzenbach betraut und hat das alles auch immer gerne gemacht, aber jetzt war er froh, dass ein Ende absehbar war. Er hatte beschlossen, bei der anstehenden Gemeinderatswahl zugunsten der Jugend, wie er gerne betonte, auf seinen Posten zu verzichten, das letzte halbe

Jahr seiner politischen Tätigkeit wollte er noch in vollen Zügen auskosten, aber dann würde Schluss sein, mit einundsiebzig Jahren durfte man schon auch mal leiser treten.

Jetzt war auch der junge Hammerer zufriedengestellt, als er erfreut registrierte, dass sich die Kellnerinnen, wenn sich nicht gerade seine exzellenten Weine einschenkten, mit großen Tabletts voller belegter Brötchen den Weg durch die Gäste bahnten. Offensichtlich war der Weber doch nicht so ein Schnorrer, wie er angenommen hatte!

„Geh, låß 's glei do!", meinte Bürgermeister Lambert Zuser eher im Scherz, als eine junge Kellnerin mit einem halbvollen Tablett am Tisch der Zusers vorbeikam. Und tatsächlich, das schüchterne Lehrmädchen tat wie befohlen, einem Herrn Bürgermeister sollte man schließlich nicht widersprechen, und mit einem Mal durfte sich die Familie Zuser an elf köstlich belegten Brötchen laben. Hocherfreut stopfte der Zuser sogleich ein Lachsbrötchen dermaßen gierig in sich hinein, sodass links und rechts aus seinen Mundwinkeln die Mayonnaise tropfte. Direkt auf seinen dunkelblauen Pulli, der jetzt mit etwas Fantasie für ein modernes Kunstwerk gehalten werden konnte.

„Lambert!", echauffierte sich seine Schwiegermutter lautstark. Sie war erschüttert über seine Manieren. Wie man nur so in sich hineinfressen konnte! Ständig musste sie sich für ihn genieren, zum Glück musste ihr seliger Walter das alles nicht mehr miterleben! Eines Tages würde ihr Schwiegersohn platzen, da war sie sich sicher, diese ständige Völlerei konnte auf Dauer nicht gut gehen ...

„Na, sitz ma gar nicht am Tisch vom Papa?" Gemeindearzt Dr. Friedrich Czulak war schon ein alter Zyniker. Er wusste ganz genau, dass Lambert Zuser kein Wort mehr mit seiner Tochter redete, seit sie die Vorsitzende der „Pro-Biber“ Initiative war. So gesehen, waren der Czulak und die Susanne Zuser ja Verbündete, vereint im Kampf gegen Bürgermeister Zuser. Der Gemeindearzt hatte schon etwas läuten gehört, dass die Zuser-Tochter bei der Wahl als Spitzenkandidatin der Grünen antreten wollte. Man konnte sich als Normalsterblicher gar nicht vorstellen, was ihm die Leute so alles erzählten, wenn sie in seiner Ordination zur Untersuchung vorbeikamen. Manchmal fühlte er sich wie der Pfarrer höchstpersönlich, dem man beichtete und Geheimnisse anvertraute. Nur, dass der Pfarrer von Kurzenbach bei weitem nicht so viel Kundschaft hatte wie der Gemeindearzt.

„Lassen Sie mich in Ruhe mit dem alten Knacker!“, Susi Zuser schien nicht sehr angetan von ihrem Erzeuger und war auch nicht erpicht auf ein Gespräch mit Dr. Czulak. Mit ihrer Mutter und ihrer Großmutter hatte sie losen Kontakt, da redete man zumindest, wenn man sich zufällig auf der Straße traf, aber seit sie von ihrem Vater bei der Bürgerversammlung im letzten September vor allen Leuten als „deppates Rotzmensch“ beschimpft worden war, hatte sie jeglichen Kontakt zu ihm abgebrochen. Mehr noch, es war ihr zu einem persönlichen Anliegen geworden, bei der Gemeinderatswahl gegen ihren eigenen Vater anzutreten.

Der Czulak selbst plante ja auch eine Bürgerliste, aber dafür brauchte er noch die entsprechenden Unterstützungserklärungen und zumindest zwei oder drei Kandidatinnen und Kandidaten, die sich im Falle des Falles als wählbar aufstellen lassen würden. Im Mai wollte er dieses Unterfangen angehen, denn Mitte Juni schon endete die Anmeldefrist für politische Parteien und Bürgerlisten. Als Gemeindearzt hatte er gute Kontakte zu den meisten Bürgerinnen und Bürgern von Kurzenbach und den dazugehörigen Orten Hasendorf, Mallerbach und Pichling. Und da hatten ihm schon viele bestätigt, dass es an der Zeit war für einen neuen Bürgermeister. Er galt ja wirklich als chancenreicher Kandidat, aber seit der leidigen Angelegenheit mit dem abgenommenen Führerschein und seinem Austritt aus der Partei hatte sich die Ausgangslage schlagartig verändert. Hier am Land wählten viele aus Prinzip ein Leben lang dieselbe Partei, Namenslisten waren da noch nicht sehr populär.

Lambert Zuser fand ein probates Mittel gegen die Mayonnaiseflecken auf seinem Pulli – er zog ihn einfach aus. Auf seinem weißen Hemd würden eventuelle weitere Essensspuren ohnehin weniger auffallen. Im Augenwinkel bemerkte er, dass sich in der Nähe der Eingangstür die Wajgl mit dem Weber unterhielt. Nachdem er auf die nun folgende Moralpredigt seiner Schwiegermutter getrost verzichten konnte, entschied er schweren Herzens, die Brötchen Brötchen sein zu lassen, stand auf und drängte sich Richtung Anna-Lena Wajgl, nicht ohne sich vorher noch ein Schinkenbrötchen in den Mund zu schieben.

Die Wajgl hatte den Weber schon voll in Beschlag genommen und schilderte ihm des Langen und Breiten die Vorzüge ihres geplanten Kunstwerks am Hauptplatz. Er als kunstsinniger und fortschrittlich denkender Mensch konnte sich so einer Bereicherung für Kurzenbach einfach nicht verschließen. Auch die Bürgermeisterpartei, die ja für gewöhnlich der modernen Kunst kritisch bis abweisend gegenüberstand, würde für dieses neue Wahrzeichen stimmen. Es war eine Riesenchance für Kurzenbach, die man nicht ungenützt verstreichen lassen durfte. Touristen würden vermehrt in den Ort kommen, was ja auch ihm, dem Weber, mit seinen gastronomischen Ausbauplänen in die Hände spielen würde.

„Nicht schlecht, die Wajgl!“, staunte Bürgermeister Zuser. Er hatte sie wirklich unterschätzt. Vielleicht sollte er sie bei Gelegenheit einmal fragen, ob sie nicht bei der anstehenden Wahl als Kulturgemeinderätin für seine Partei kandidieren wollte. Der Hasner hatte ja beschlossen aufzuhören, und aus Erfahrung wusste er, dass sich um die Kulturagenden von Kurzenbach ohnehin niemand reißen würde.

7. Kapitel

Ein Wahnsinn, wie viele Menschen da an diesem 15. September 2017 in den Gemeindesaal von Kurzenbach drängten. Bruno, der Biber und seine gefräßigen Konsorten hatten das seltene Ereignis einer Bürgerversammlung notwendig gemacht. Es würde heiß hergehen, davon waren alle überzeugt, das ominöse Flugblatt mit dem Aufruf zum Verzehr von Bibern, das da genau eine Woche vor der Versammlung in allen Briefkästen gelandet war, hatte die ohnehin schon gereizte Stimmung zusätzlich angeheizt.

Die für neunzehn Uhr anberaumte Veranstaltung konnte erst kurz nach halb acht beginnen. Die achtzig Sessel im Gemeindesaal waren schnell belegt gewesen, schon ab viertel sieben strömten die Kurzenbacherinnen und Kurzenbacher ins Gemeindeamt, um sich gute Plätze zu sichern. Zehn vor sieben gab es faktisch keinen Sitzplatz mehr und immer noch wollten Interessierte in den Saal. Bürgermeister Zuser und Gemeindesekretär Wagner hatten den Besucherandrang völlig unterschätzt, und da vom örtlichen Bauhof niemand mehr erreichbar war, bzw. das Telefon absichtlich nicht mehr abgehoben wurde, lag es am Gemeindesekretär höchstpersönlich, leise vor sich hin fluchend, aus dem Keller die verstaubten Heurigenbänke heranzuschleppen, die er mit einem Stofffetzen pro forma noch ein wenig abwischte, bevor er sie aufklappte und aufstellte.

Um 19 Uhr 34 hatten die 128 Besucherinnen und Besucher allesamt einen Sitzplatz gefunden, und die Bürgerversammlung konnte endlich beginnen.

„Liebe Kurzenbacherinnen und Kurzenbacher, ich als Bürgermeister unserer wunderschönen Gemeinde an der Kurz darf euch sehr herzlich zu dieser notwendig gewordenen Bürgerversammlung begrüßen. Wir haben es derzeit mit einer großen Herausforderung zu tun, die Biberplage von …"

Gellende Pfiffe und Buhrufe drangen an das Ohr von Bürgermeister Lambert Zuser. Er hatte mit Widerstand und Protesten gerechnet, aber dass man ihn bereits während der Begrüßung ausbuhte, das war schon ungeheuerlich! Er blickte kurz von seinem Rednerpult auf und ins Publikum. Und was musste er sehen – die leuchtend roten Haare seiner Tochter! Es war unschwer zu erkennen, dass sie zu den Störenfrieden gehörte!

„… Kurzenbach hat es notwendig gemacht, dass wir uns heute hier treffen müssen. Durch den Abend führen wird unser altbewährter Gemeindesekretär Franz Wagner, dem ich hier auch gleich das Wort erteilen möchte. Ich ersuche um eine sachliche Diskussion zum Wohle unserer schönen Gemeinde Kurzenbach!"

Am Vormittag hatte es ihm der Wagner schonend beigebracht, dass er gehört hatte, dass die Bürgermeistertochter einen Verein zur Rettung der Kurzenbacher Biber gegründet hatte und dass sie mit ihren Biber-Freunden auf der Bürgerversammlung auftauchen wollte. Der Zuser war bekannt als Choleriker, ein richtiges Häferl, wie man hierzulande zu sagen pflegte, aber so ausrasten hatte man ihn schon lange nicht gesehen. Wie ein Rumpelstilzchen hatte er sich aufgeführt und stellvertretend den unschuldigen Wagner zur Sau gemacht. „So eine Frechheit, so ein Rotzmensch, lass

Dir was einfallen, Franz, und schau net so deppat!" Für Gemeindesekretär Wagner waren die plötzlichen Wutausbrüche seines Vorgesetzten nichts Neues, und er wusste, dass sich der Bürgermeister nach ein paar Minuten wieder beruhigt haben würde. Und tatsächlich, keine fünf Minuten später hatte der Zuser dem Wagner schon ein „Versöhnungsschnapserl" eingeschenkt und stieß mit ihm an. „Tuat ma lad, Franz, i håb 's net so gmant!"

Der Wagner hatte sich das Drehbuch für die Bürgerversammlung gut überlegt und dementsprechend vorbereitet. Als Gemeindesekretär war er auch für die Fotodokumentation und Sammlung von Presseberichten zuständig. Mit dem ersten Auftauchen von Baumschäden, die durch die Biber verursacht wurden, hatte er einen Ordner angelegt, in den er die fotografischen Beweise ablegte. Auch hatte er akribisch jede einzelne Zeitungsmeldung archiviert, die über Biberschäden berichtete. So war es ihm ein leichtes gewesen, eine beeindruckende Powerpoint-Präsentation zusammenzustellen. Der visuelle Eindruck war der wichtigste, die von den Bibern verursachten Schäden, die jetzt auf der Leinwand zur Schau gestellt wurden, konnte niemand leugnen. Wahrscheinlich hatte sie ein Großteil der anwesenden Biberfreunde noch gar nicht gesehen, die hielten Biber für putzige Kuscheltiere aus Kinderbüchern und hatten keine Ahnung, was diese gefährlichen Nager alles anrichten konnten.

Na ja, ein wenig aufgemotzt hatte der Wagner seine Präsentation schon, das musste er zugeben. Da waren ihm absichtlich ein paar Fotos darunter gerutscht, die er außerhalb der Gemeindegrenzen gemacht hatte. Dass da ein paar gefällte ortsfremde Bäume gleichsam fotografisch eingemeindet wurden, war aber nicht einmal Bürgermeister Zuser aufgefallen, als er sich die Präsentation vorab angeschaut hatte. „Großartig, Franz!“, hatte er ihm Rosen gestreut, und das tat dem Gemeindesekretär sichtlich gut.

Die zwölf Minuten dauernde Powerpoint-Präsentation ging einigermaßen reibungslos und ohne lautere Zwischenrufe über die Bühne. Es folgte eine kurze Rede des Obmanns der „Anglerfreunde von Kurzenbach“. Rudi Wasitzky betonte in seinen Ausführungen, dass durch die Schäden der Biber das Landschaftsbild einschneidend verändert würde. Durch das Fällen der Bäume würde es weniger Schatten im Wasser geben, was eine Erwärmung des Flusses zur Folge hätte, wodurch manche Fischarten weiterziehen würden, und ein vermindertes Fischaufkommen in der Kurz bei Kurzenbach drohte, wogegen er sich als langjähriger Obmann der „Anglerfreunde von Kurzenbach“ mit aller Vehemenz verwehrte.

„Aha“, dachte sich so mancher im Publikum, „wieder was dazugelernt!“

Richtig laut wurde es erst wieder, als Gemeindesekretär Wagner Bürgermeister Zuser abermals ans Rednerpult holte, diesmal in seiner Funktion als Obmann der „Jägerschaft von Kurzenbach“.

„Liebe Kurzenbacherinnen und Kurzenbacher, ich spreche zu euch als Obmann der Jägerschaft. Wir alle haben uns sehr gefreut, als wir mit Bruno, dem Biber, im letzten Jahr einen neuen Dorfbewohner dazubekommen haben. Ich persönlich war dabei, als mein Anglerfreund, der Rudi

Wasitzky und ich, den ersten Biber in der Kurz gesehen haben, die Freude in Kurzenbach war riesengroß. Aber, liebe Kurzenbacherinnen und Kurzenbacher, die Dinge haben sich geändert, wir haben es nicht mehr nur mit Bruno zu tun, sondern mit einer ganzen Bibersippe, die allein im Jahr 2017, und wir haben erst Mitte September, schon dreizehn Bäume auf dem Gewissen hat, Gemeindebäume wohlgemerkt, liebe Kurzenbacherinnen und Kurzenbacher, Bäume, die uns allen gehören! Das am stärksten betroffene Gebiet, die Kurzbiegung, ist Grundeigentum der Gemeinde Kurzenbach, und laut Gesetz hat der Grundeigentümer das Recht, im Einvernehmen mit dem Jagdausübungsberechtigten, einen Eingriff in die Biberpopulation vorzunehmen. Als Obmann der Jägerschaft von Kurzenbach halte ich einen solchen Eingriff nicht nur für gerechtfertigt, sondern auch für absolut notwendig!"

Die Pfiffe und Buhrufe, von denen die Rede von Lambert Zuser immer wieder gestört wurde, wurden nun von lautstarkem Applaus und Bravo!-Rufen übertönt. Es schienen mehr Biber-Gegner als Biber-Freunde im Publikum zu sein. Gemeindesekretär Wagner hatte alle Hände voll zu tun, die Gemüter wieder zu beruhigen.

„Liebe Gemeindebürgerinnen und Gemeindebürger, die weitere Vorgehensweise in der Causa Biber wird folgende sein. Am Donnerstag, den 28. September findet eine außerordentliche Gemeinderatssitzung statt, in der vom Gemeinderat abgestimmt wird, ob im Gemeindegebiet der Kurzbiegung ein Eingriff in die Biberpopulation vorgenommen werden soll. Gibt es im Gemeinderat eine Mehrheit für diesen Eingriff, dann wird Bürgermeister Lambert Zuser die

Jägerschaft von Kurzenbach damit beauftragen, eine solche Maßnahme vorzunehmen!“

Nachdem es während der Erläuterungen des Gemeindesekretärs ruhiger geworden war, schwoll der Lärmpegel nun wieder merklich an.

„Gibt es noch irgendwelche Wortmeldungen aus dem Publikum?“

Gemeindesekretär Wagner hatte wohlweislich ein Handmikrofon vorbereitet, das er für etwaige Fragen herumreichen konnte. Da das Mischpult neben der Bühne stand, konnte er die Lautstärke der Wortmeldungen so regeln, wie er es für richtig hielt.

„Und wie soll dieser Eingriff in die Biberpopulation aussehen?“, war die eher rhetorische Frage von Susanne Zuser, die das Handmikrofon als erste für sich beanspruchte und ohne eine Antwort abzuwarten, gleich mit ihrer gut vorbereiteten Rede loslegte ...

„Wir, die vor vier Tagen ins Leben gerufene Initiative Verein der Freundinnen und Freunde der *Kurzenbach Biber* verwehren uns gegen jeglichen Eingriff in die Biberpopulation in der Kurz, sei es durch Abschuss oder durch Lebendfangfallen. Diese Bürgerversammlung ist die reinste Augenauswischerei! Eine Farce sondergleichen ist das! Die Gemeinde hätte schon längst auf ihrem eigenen Grundstück die Bäume mit Drahtgestellen schützen müssen, dann würden die dreizehn gefällten Bäume noch stehen! Hier wurde rechtzeitiges Handeln sträflich verabsäumt! Die Gemeinde Kurzenbach und Bürgermeister Zuser an vorderster Front sind selbst verantwortlich für die sogenannte Biberplage!“

Das hatte die Welt noch nicht gesehen! Oder zumindest nicht gehört! War die Bürgermeister-Tochter jetzt völlig übergeschnappt? Der Zuser glaubte, im falschen Film zu sein! Mit einem hochroten Plutzer stürmte er zum Rednerpult. „So eine Frechheit! So ein deppates Rotzmensch, de gheat jå ..."

Weiter kam er nicht, bzw. konnte man es in dem nun folgenden Tumult nicht mehr verstehen, denn Gemeindesekretär Franz Wagner hatte den Lautstärkeregler sicherheitshalber auf Null herunter gefahren.

8. Kapitel

Es war ein wunderschöner Frühlingstag. Die Temperaturen waren auf frühsommerliche vierundzwanzig Grad geklettert, und selbst jetzt um halb sechs Uhr abends zeigte das Thermometer noch angenehme siebzehn Grad an. Alles sprießte und blühte, es war eine wahre Freude, draußen in der Natur zu sein!

„Ja, so lässt es sich leben!", freute sich Bürgermeister Lambert Zuser, nach einem eher ereignisarmen Arbeitstag auf seinem Klappsessel am Kurzufer in der Abendsonne sitzend. Vor ein paar Minuten hatte er die Angel ausgeworfen und hoffte auf guten Fang. Er hatte seiner Hannelore versprochen, dass er für das Abendessen sorgen würde, und da wollte er sie nicht enttäuschen.

„Gestern vor zwei Jahren hat das Dilemma angefangen!", erinnerte sich Lambert Zuser an das erstmalige Auftauchen eines Bibers in der Kurz. Diese verdammten Biber hatten ihm seither schon viele Probleme bereitet, zum Glück waren sie heuer noch nicht negativ aufgefallen. Allem Anschein nach waren sie im wahrsten Sinne des Wortes „untergetaucht".

„Der arme Rudi!", seufzte er in Gedanken an seinen Anglerfreund, der sich vor vier Tagen das Kreuzband gerissen hatte, als er am Nachhauseweg vom Sportbuffet Trixi über die einzig mögliche Gehsteigkante gestolpert war. Der war jetzt eine Zeitlang außer Gefecht, war sich der Zuser sicher, dass er die nächsten Wochen wohl allein an der Kurz verbringen musste. Sicherheitshalber hatte er einen Flachmann mit einem Selbstgebrannten mitgebracht, für den Fall, dass es doch kühl werden sollte.

Nach der turbulenten Bürgerversammlung im letzten September hatte sich der Gemeinderat knapp zwei Wochen später in seiner außerordentlichen Sitzung mehrheitlich dafür ausgesprochen, die Jägerschaft damit zu beauftragen, in die Biberpopulation in einem vernünftigen Maße regulierend einzugreifen, wie Gemeindesekretär Wagner so treffend im Protokoll vermerkte. Nur die Sozialisten hatten sich dagegen ausgesprochen. Auf der eine Woche später anberaumten Vorstandssitzung der Jägerschaft hatte Lambert Zuser den Waidmännern das Ersuchen des Gemeinderates unterbreitet, und man hatte sich auf einen Termin Mitte Oktober geeinigt, um den Bibern auf den Pelz zu rücken.

Der plötzliche Wintereinbruch am Freitag, den 13. Oktober 2017, der mit Schnee und Kälte viele Winzer mitten in der Weinlese überrascht hatte, hatte auch eine gute Seite, denn mit einem Schlag waren alle Biber verschwunden, ohne dass die Jägerschaft hatte eingreifen müssen. Bis jetzt, und mittlerweile war Mitte Mai, waren die gefräßigen Nager nicht mehr aufgetaucht. Die Jägerschaft stand natürlich Gewehr bei Fuß, und sollte die Biberbande wieder in Erscheinung treten, würde man unverzüglich einen Termin finden, um ihnen zu Leibe zu rücken.

Ganz ruhig floss die Kurz dahin, ein paar Enten schwammen gegen die Strömung, ein Graureiher hatte es sich auf einem dürren Baum flussabwärts am anderen Ufer bequem gemacht – ein wahres Idyll breitete sich da vor Lambert Zuser aus, doch der traute dem Frieden nicht.

„Bürgermeister Zuser?“ Eine unbekannte Stimme riss den Angesprochenen aus seinen Tagträumen. Lambert Zuser fuhr erschrocken auf und wandte sich in die Richtung, aus der die Stimme kam. Vor ihm stand ein großer, kräftiger Mann, um die vierzig mochte er sein, dunkles, zurückgegeltes Haar, elegant gekleidet, also keine Freizeitkleidung, eher einer vom Amt, dachte der Zuser, aber er war sich keiner Schuld bewusst. Eine gültige Fischerkarte hatte er, die trug er immer bei sich, in der Geldbörse war sie gut aufgehoben und jederzeit griffbereit. Keine Ahnung, was der Fremde von ihm wollte?

„Man hat mir gesagt, dass ich Sie hier finde!“ Der Unbekannte sprach ruhig, aber doch bestimmt. Ein wenig komisch kam das dem Zuser schon vor. Der Typ hatte sich nicht einmal vorgestellt.

„Äh, also, ich, äh“, stotterte der Zuser daher, „ich bin außer Dienst und darf Sie bitten, morgen zwischen halb acht und neun Uhr Vormittag in meine Sprechstunde zu kommen!“

„Nicht notwendig!“, winkte der Fremde ab. „Hier im Grünen redet es sich viel besser. Haben Sie kurz Zeit für mich? Es wird sicher nicht zu Ihrem Nachteil sein!“

Jetzt war der Zuser aber neugierig geworden.

„Entschuldigen Sie, Herr Bürgermeister, ich habe ganz vergessen, mich vorzustellen. Mein Name ist Miroslav Antic!“ Der Unbekannte zog ein silbrig glänzendes Etui aus der Brusttasche seines Sakkos, klappte es auf und überreichte dem sichtlich überrumpelten Bürgermeister seine Visitenkarte.

„Business Manager“ stand da in kursiver Schrift unter dem Namen und darunter noch „Market Center Group“ in fetten Lettern.

„Der scheint wirklich wichtig zu sein“, schoss es dem Zuser ein und er hielt es für angebracht, sich aus seinem Klappsessel zu schälen. Eigenartig, dachte er sich, der hat einen ausländischen Namen, aber überhaupt keinen Akzent. Das kam dem Zuser ziemlich Spanisch vor.

„Ach, bleiben Sie sitzen!“, deutete ihm der Business Manager. So etwas ließ sich Lambert Zuser nicht zweimal sagen. Er war schon ein bisserl bequem geworden mit den Jahren, aber schließlich war Feierabend, und er war seit zwei Stunden außer Dienst.

„Wie ich vernommen habe, möchten Sie im Oktober noch einmal Bürgermeister werden“, kam Miroslav Antic endlich zur Sache, „und wie ich ebenfalls gehört habe, wird das gar nicht so leicht werden! Die SPÖ hat einen neuen Spitzenkandidaten, die Grünen erhalten nicht zuletzt wegen der Causa Biber immer mehr Zuspruch, und eine zusätzliche Bürgerliste ist ebenfalls im Gespräch.“

Dem Bürgermeister von Kurzenbach blieb vor Staunen der Mund weit offen. Dieser geheimnisvolle Business Manager wusste ja fast mehr als er selbst! „Woher weiß der das alles?“, begann es mit einem Mal im Zuser-Hirn zu rattern.

„Die Gastronomie von Kurzenbach ist so gut wie ausgestorben, und mit der Wirtschaft steht es auch nicht zum Besten. Die Bewohner von Kurzenbach müssen bis nach Wegendorf fahren, wenn sie mehr einkaufen wollen als einen Laib Brot und einen Liter Milch. Die ganze Kaufkraft wandert ab in den Nachbarort. Die Schwäche von

Kurzenbach wird so zur Stärke von Wegendorf! Hier gilt es anzusetzen und deshalb möchte ich Ihnen ein Großprojekt vorstellen, das diesem Problem mit Sicherheit Abhilfe schaffen wird, zusätzlich Arbeitsplätze bringt und Ihnen garantiert die Wiederwahl bescheren wird!“

KURZENBACH
DRITTER TEIL

1. Kapitel

„Bitte lächeln! Schauen Sie doch ein bisschen freundlicher drein, Herr Bürgermeister! Sie wollen doch die Wahl gewinnen, oder nicht?"

Wahlkampfmanager Fritz Hauser war sichtlich etwas genervt. Kein Wunder, den ganzen Tag schon hatte er mit den Bürgermeisterkandidaten aus dem Bezirk verbracht, elf amtierende Bürgermeister und vier hoffnungsvolle Kandidaten musste er so vor die Kamera bringen, dass sie an die potentielle Wählerschaft die richtige Botschaft ausstrahlten. Ein paar Profis waren darunter, keine Frage, aber auch einige hoffnungslose Fälle. Der letzte der fünfzehn Spitzenkandidaten war ein ganz besonderes Exemplar. Fritz Hauser wunderte sich insgeheim, wie es so jemand schaffen konnte, über zwanzig Jahre schon durchgehend Bürgermeister zu sein.

Für die anstehende Wahl, die als zukunftsweisend für das Bundesland angesehen wurde, hatte er sich etwas ganz Besonderes einfallen lassen. Für jeden Bürgermeisterkandidaten – und es gab in der Tat keine einzige Kandidatin im ganzen Bezirk – hatte er sich drei unterschiedliche Plakatsujets einfallen lassen. In langwierigen Diskussionen mit der Landespartei konnte sich Fritz Hauser durchsetzen – und darauf war er mächtig stolz – dass auf allen drei Plakaten der jeweilige Kandidat und die Landeshauptfrau zu sehen sein würden.

Die erste Reaktion auf seinen Vorschlag war, dass man ihn seitens der Landesparteizentrale vorsichtig fragte, ob er nicht ganz richtig im Kopf war? Das würde doch bedeuten, dass sich die Landeshauptfrau mit allen Kandidatinnen und Kandidaten zu einem separaten Fotoshooting treffen musste, die hatte ihre Zeit ja nicht gestohlen! Doch Fritz Hauser war ein gefinkelter Stratege und mit dem sensiblen Thema der „Bürgernähe“, die von sonst keiner Partei so professionell betrieben wurde, konnte er schließlich die Landespartei und auch die Landeshauptfrau überzeugen, dass diese drei Plakatsujets schon die halbe Miete zum Wahlsieg waren.

Bürgermeister Lambert Zuser war auch sichtlich etwas genervt. Den ganzen Tag schon musste er mit den anderen Kandidaten auf diesem Biobauernhof mit Seminarhotelcharakter verbringen. In fünf Kleingruppen zu je drei Kandidaten wurde ihnen eingetrichtert, wie man im Wahlkampf richtig aufzutreten hatte, worauf es ankam und was tunlichst zu vermeiden war. Alles Blabla, dachte Lambert Zuser, die letzten vier Wahlen hatte er auch so gewonnen, da war kein derartiges Tamtam vonnöten. Aber immerhin hatte es ein ausgesprochen gutes und ausgiebiges Mittagsbuffet gegeben, wenn auch ohne jegliche alkoholische Getränke. Die wurden ihnen erst fürs gemeinsame Abendessen versprochen …

Die Landeshauptfrau war ebenfalls sichtlich etwas genervt. In ihrem Polit-Alltag bekam sie es oft gar nicht mit, welche Leuchten sich da in ihrer Gefolgschaft befanden, aber dieses Fotoshooting bot ihr einen tiefen Einblick in das Innere der Partei. Das sind sie also, die oft beschworenen Mühen der Ebene, seufzte die Landesmutter, während sie von Wahlkampfmanager Fritz Hauser zum letzten Fototermin des Tages geleitet wurde.

„VERTRAUEN DURCH ERFAHRUNG!“ lautete die Botschaft des ersten Plakats und bestand im Wesentlichen aus einem Foto mit den Köpfen der Landeshauptfrau und des jeweiligen Bürgermeisters vor blauem Hintergrundhimmel. „Des Beste kummt zum Schluss!“, versuchte Lambert Zuser ein kleines Späßchen anzubringen, als ihn Wahlkampfmanager Hauser der Landeshauptfrau vorstellte. Deren ohnehin schon säuerliche Miene entkrampfte sich ob des Zuserschen Bonmots nicht unbedingt. Erst für das gemeinsame Foto kramte sie wieder ihren gütigen Landesmutter-Blick hervor. „Hauser zum Rapport!“ hatte sich seit einigen Stunden in ihrem Gehirn eingebrannt. Wenn sie jetzt tatsächlich in den nächsten Wochen alle Bezirke Niederösterreichs abklappern musste, dann konnte sie anschließend gleich in Frühpension gehen! Dieses geplante flächendeckende Fotoshooting im ganzen Bundesland würde sie mit Sicherheit nicht durchstehen!

Auch wenn es den Zuser ziemlich anwiderte, hier den ganzen Tag mehr oder weniger die Zeit totzuschlagen, war er jetzt, wo es allmählich Abend wurde, wieder besserer Laune. Er freute sich nämlich schon sehr auf das in Aussicht gestellte Abendessen! Der Biobauernhof warb mit eigenem Apfelbirnenmost, eine Seltenheit in dieser Gegend, in der alles vom Wein dominiert wurde. Most hatte Lambert Zuser schon ewig nicht mehr getrunken. Seit dem Tod seines hochbetagten Vaters vor vier Jahren – Roman Zuser war knappe siebenundneunzig Jahre alt geworden – verschlug es ihn nur mehr ganz selten ins Mostviertel seiner Kindheit und Jugend.

„GEMEINSAM FÜR KURZENBACH!", so das Motto für das zweite Foto. Und wieder hatte sich Wahlkampfmanager Fritz Hauser etwas Besonderes einfallen lassen. Diesmal handelte es sich um Ganzkörperaufnahmen von Lambert Zuser und der Landeshauptfrau. Beide hielten eine Schaufel in der Hand, Lambert Zuser musste sein Sakko ausziehen und die Hemdärmeln aufkrempeln, um einen Bürgermeister darzustellen, der immer und überall gerne anpackt. Die beiden wurden hinter einen kleinen Erdhügel dirigiert, in den sie mit der Schaufel eintauchen mussten, während sie gleichzeitig freundlich in die Kamera zu lächeln hatten.

Die Landeshauptfrau musste sich schon sehr zu einem fröhlichen Gesichtsausdruck zwingen. Ihre erst drei Wochen alten neuen Markenschuhe waren nicht mehr als solche zu erkennen. Mit Staub und Dreck waren sie überzogen, wie sollte sie die bloß wieder sauber bekommen? In knapp zwei Stunden musste sie auf einer Sitzung in der Landeshauptstadt sein, heimfahren und umziehen ging sich beim besten Willen nicht mehr aus! Jetzt konnte sich Wahlkampfmanager Fritz Hauser im Krisenmanagement profilieren und wenn er ihr persönlich die Schuhe putzte!

Fritz Hauser spürte ganz deutlich ein Donnerwetter aufsteigen. Die Blicke, mit denen ihn die Landesmutter bedachte, sprachen Bände. Er wagte es gar nicht mehr, ihr in die Augen zu schauen. Aber, so war er felsenfest überzeugt, der Erfolg würde ihm recht geben. Das war ja nicht der erste Wahlkampf, den er zu managen hatte. Immer hatte es anfangs Kritik gehagelt wegen seiner ungewöhnlichen

Strategien, und immer waren sie dann alle ganz selig, weil der Hauser-Masterplan wieder einmal voll aufgegangen war und die Partei einen fulminanten Erfolg eingefahren hatte!

Das Setting für das dritte und letzte Foto war dem Zuser das liebste. „FÜR EIN LEBENSWERTES KURZENBACH!“ lautete die Devise, und dafür durften die Landeshauptfrau und der Bürgermeister von Kurzenbach an einem Heurigentisch Platz nehmen, der sich nahezu bog vor kulinarischen Köstlichkeiten. Eine rustikale Brettljause, eine knusprige Stelze, fünf verschiedene Aufstriche, eine überdimensionale Käseplatte und herrlich duftendes, frisches Brot – dem Zuser lief das Wasser im Mund zusammen, der Arme litt wahre Tantalusqualen. Der Landeshauptfrau wurde für dieses Fotosujet ein Trachtenjanker umgehängt, und Lambert Zuser musste sich in einen viel zu kleinen Kalmuck-Janker zwängen. „Jetzt schau ich sicher aus wie der junge Hammerer!“, dachte er und erhob sein Weinglas, um mit der Landeshauptfrau anzustoßen. Diesen Schluck hatte er sich wahrlich verdient!

„Lassen Sie das Glas stehen!“, fauchte ihn der Wahlkampfmanager an. „Das geht alles auf mein Kommando! Und getrunken wird erst beim Abendessen! Haben Sie mich verstanden?“

Das war jetzt natürlich nicht nach dem Geschmack von Bürgermeister Zuser, aber er wollte vor der Landesmutter nicht mit diesem Schnösel herumstreiten und so wusste er sich zähneknirschend zu beherrschen.

„So, jetzt bitte das Glas in die Hand nehmen und einander zuprosten und dabei freundlich in die Kamera lächeln! Einfach Rieeeeesling sagen, dann formen sich die Lippen zu einem optimal fröhlichen Gesichtsausdruck! Ist ja nicht so schwer!“

Die Landeshauptfrau hätte einen Schluck Riesling schon bitter nötig gehabt! Bereits zum fünfzehnten Mal an diesem Tag musste sie sich diesen Schwachsinn anhören! „Die Partei muss mir ein Double suchen, oder ich überrede meine Zwillingsschwester, dass sie für mich einspringt!“, legte sie sich in ihrer Verzweiflung ein Ausstiegsszenario zurecht.

„Ja, wunderbar! Bald haben Sie es überstanden!“, gab der Wahlkampfmanager eine aufmunternde Durchhalteparole für das allerletzte Fotoshooting an diesem Tag aus.

„Du hast es auch bald überstanden!“, knurrte die Landesmutter, die sich schon sehr auf den Hauser-Rapport in den nächsten Tagen freute.

„Großartig, vielen Dank, das war 's für heute!“ Fritz Hauser schien erleichtert, dass der erste Tag Fotoshooting mit der Landeshauptfrau so erfolgreich über die Bühne gegangen war. „Die wird sich schon wieder beruhigen!“, war er sich sicher, nichtsahnend, dass er am nächsten Tag ganz zeitig in der Früh einen Anruf ihres Sekretärs bekommen sollte ...

„Auf Wiedersehen, Herr Bürgermeister, ich wünsche Ihnen einen erfolgreichen Wahlkampf und alles Gute für die Wahl im Oktober!“ Die Landesmutter hatte sich wieder gefasst und schien ebenfalls erleichtert, dass der Affenzirkus endlich vorbei war. Jetzt hatte sie es eilig, sich im wahrsten Sinne des Wortes aus dem Staub zu machen.

„Vielen Dank, Frau Landeshauptmann! Ich hoffe, wir sehen uns im September bei der Eröffnung in Kurzenbach, wo wir am Hauptplatz eine moderne Tonskulptur aufstellen werden! Da stoß ma dann mit einem guten Achterl Kurzenbacher Wein an!"

Die Landeshauptfrau verdrehte die Augen und schnappte nach Luft! Für einen Moment schien es, als würde sie doch noch explodieren. Das war bereits der fünfte Vollkoffer an diesem Tag, der sie mit „Frau Landeshauptmann" anredete! In diesem Bundesland wartete noch viel Arbeit auf sie! Und als ersten Schritt würde sie diesem Hauser die Leviten lesen! Der konnte sich auf was gefasst machen!

2. Kapitel

„Diese blöde Wahl kostet mich die letzten Nerven! Und Haare!“, seufzte Lambert Zuser. Auf den Tag genau in vier Monaten würde es soweit sein. 14. Oktober 2018 – ein Datum, das wie ein Damoklesschwert über dem amtierenden Bürgermeister von Kurzenbach schwebte. Der krankhafte Wunsch, mit fünfundzwanzig Jahren Amtszeit der am längsten dienende Bürgermeister in der Geschichte Niederösterreichs werden zu wollen, kämpfte mit der immer öfter auftauchenden Versuchung, einfach alles hinzuwerfen, die paar verbleibenden Jahre Straßenmeisterei gemütlich herunter zu spulen und dann endlich die Pension zu genießen. Sollte er sich diesen mühsamen Politikerjob wirklich noch drei Jahre lang antun?

Einfach am Fluss sitzen und angeln! Das war es, was Lambert Zuser am liebsten tat. So wie jetzt, in der Natur sein, dem Fluss beim Fließen zuschauen, den Vögeln beim Zwitschern zuhören und keinen Menschen sehen, außer den Rudi vielleicht, aber der war ja immer noch außer Gefecht nach seinem Kreuzbandriss. Schade, dass der Rudi in der falschen Partei war, so konnten sie sich eigentlich nur beim Angeln so richtig treffen und austauschen. Andererseits auch wieder gut, dass der Rudi bei einer anderen Partei war, denn so konnte man Projekte, die bei Beschlüssen eine Zweidrittel-Mehrheit erforderten, so gleichsam unter Freunden in der Freizeit regeln und beschließen. Der Rest war Formsache. Der Rudi Wasitzky war in seiner Partei so etwas wie ein Säulenheiliger. Was der Rudi sagte, das passierte auch! Seit 1987, das muss man sich einmal vorstellen, saß der schon im Gemeinderat, aber in zwei Jahren würde auch für ihn Schluss sein. Im Juni 2020 würde der Rudi Wasitzky siebzig sein und dann aus und vorbei, Platz machen für die Jüngeren, der Franz Schranz scharrte eh schon in den Startlöchern.

„Dieser Wahlkampf wird beinhart!“, war sich Lambert Zuser sicher, dass es schwierig bis unmöglich werden würde, die absolute Mehrheit in Kurzenbach zu halten. Die Roten mit ihrem Spitzenkandidaten Reinhold Weber, die durfte man nicht unterschätzen. Seine gastronomischen Ausbaupläne wurden von fast allen im Ort gut geheißen. Durch sein Kaffeehaus stand der Weber in der Öffentlichkeit und alle kannten ihn. Wer ihn und seinen Höcker mitten im Gesicht einmal gesehen hatte, der konnte ihn nicht mehr vergessen! „Ah, der mit da großn Nåsn!“

Der Bekanntheitsgrad war auch ein großes Plus für den Czulak, seinen ehemaligen Parteirivalen, der vor drei Wochen offiziell verlautbart hatte, dass er mit einer Bürgerliste bei der Gemeinderatswahl antreten wollte. „KURZENBACH NEU“ wurde seine Bewegung getauft und er hatte es tatsächlich geschafft, vier weitere Personen zu überreden, im Falle des Falles in den Gemeinderat einzuziehen. Der Gemeindearzt von Kurzenbach war beliebt im Ort und außerdem ein ziemlich Gewiefter und Durchtriebener, der alles unternehmen würde, um dem Zuser Stimmen wegzunehmen. Für Ende August hatte der Czulak anlässlich seines 50. Geburtstages ein großes öffentliches Fest angemeldet, das er mit Sicherheit als Wahlwerbung missbrauchen würde. Eigentlich eine Frechheit, ärgerte sich Lambert

Zuser, denn man hatte sich im Gemeinderat geeinigt und auch einstimmig beschlossen, erst ab dem 1. September mit dem Wahlkampf zu beginnen. Nur saß der Czulak noch nicht im Gemeinderat, womit der Beschluss für ihn auch nicht bindend war, wie er dem Gemeindesekretär Wagner hämisch grinsend mitteilte, als ihm der von Bürgermeister Zuser ausrichten ließ, das geplante Fest nur ja nicht zu einer Wahlveranstaltung verkommen zu lassen.

Und dann kandidierte ja auch noch seine eigene Tochter bei der Gemeinderatswahl! Als Spitzenkandidatin für die Grünen und gegen den eigenen Vater – auch das musste man sich einmal vorstellen! Vor ein paar Tagen erst hatte sie ihre Kandidatur offiziell gemacht und im Gemeindeamt angemeldet. Wohlweislich hatte sie einen Tag ausgesucht – es war der Tag des Bürgermeister Foto-Shootings, diesen Termin hatte sie zufällig von ihrer Mutter erfahren – an dem ihr Vater mit Sicherheit nicht in der Gemeinde anzutreffen war. Ihm auf den Gängen des Gemeindeamtes zu begegnen, war nicht unbedingt etwas, das sie herbeisehnte. So war es dem armen Gemeindesekretär Wagner vorbehalten, den Bürgermeister von der offiziellen Kandidatur seiner Tochter zu informieren. Drei Minuten Tobsuchtsanfall und zwei Stamperl Versöhnungsschnaps später war die Bürgermeister-Welt wieder einigermaßen im Lot.

Und zu allem Überdruss waren vorige Woche auch wieder diese verdammten Biber aufgetaucht. „Biberplage, die Dritte!“, titelte der Kurztalbote und die Aufregung im Ort war groß. Dabei waren gerade einmal drei Bäumchen ein wenig angeknabbert worden. Diese Viecher waren ziemlich schlau! Letzten Herbst, als es ihnen an den Kragen gegangen wäre, waren sie plötzlich untergetaucht, um jetzt, gut vier Monate vor der Wahl wieder aufzutauchen. Wären sie letzten Herbst, wie beschlossen, erlegt worden, würde kein Hahn mehr nach ihnen krähen, aber derzeit war es politisch sehr riskant, gegen die Biber vorzugehen. Jeder abgeschossene Biber kostete mit Sicherheit einige Wählerstimmen. Lambert Zuser hoffte, dass diese gefräßigen Nagetiere es bei ein paar angeknabberten Bäumen belassen würden, das würde vermutlich allen Beteiligten den Kopf retten. Den Bibern wie dem Zuser gleichermaßen.

„Obwohl", vermutete der Zuser, „ein paar Bäume müssen ja ohnehin weg, wenn das Großprojekt, mit dem ihm Business Manager Miroslav Antic einen Floh ins Ohr gesetzt hatte, verwirklicht wird. Im Prinzip wäre es sogar angenehmer, wenn die Biber die Bäume fällen, weil wenn das von Menschenhand gemacht wird, protestieren mit hundertprozentiger Sicherheit die Grünen dagegen. Und die Roten aus Prinzip wahrscheinlich auch. Aber wenn die Biber tatsächlich die Bäume fällen, dann müssen wir laut Gemeinderatsbeschluss vom letzten September die Biber abschießen, und da sind die Grünen erst recht dagegen. Diese Umweltfuzzis sind ja wirklich gegen alles!"

Es war zum Haare raufen, auch wenn nur mehr ein paar wenige da waren. Bürgermeister Zuser wusste weder ein noch aus. Das Einkaufszentrum musste her. Es stimmte schon, was ihm der Business Manager vor gut einem Monat klar gemacht hatte, dieses Großprojekt war die einzige Chance, die Wahl zu gewinnen. Denn der rote Weber und der Czulak mit seiner Bürgerliste würden vor allem die wirtschaftliche Talfahrt der letzten zwanzig Jahre zum

Wahlkampfthema Nummer eins machen. Mit der Aussicht auf ein Einkaufszentrum würde er allen beiden den Wind aus den Segeln nehmen und mit seiner eigenen Partei den Aufwind propagieren!

Der Rudi Wasitzky war anfangs gar nicht begeistert, als ihm der Zuser von seiner Begegnung mit Miroslav Antic erzählte. „Heast, Bertl, bist deppat?", war seine erste Reaktion. „Wås soi denn daun mit unsan Aunglaplatzl werdn?" Stimmt, das hatte der Zuser in seiner ersten Euphorie gar nicht bedacht. Bei seinem nächsten Treffen mit dem Business Manager leitete er die Bedenken seines freiheitlichen Freundes weiter, doch Miroslav Antic hatte sofort eine Lösung parat und hielt dem verdutzten Bürgermeister einen Plan unter die Nase, auf dem das geplante Einkaufszentrum ebenso Platz fand wie der Fortbestand der beliebten Anglerstelle. Noch dazu schien der Anglerplatz weit genug vom Einkaufszentrum entfernt, um die Flussidylle weiterhin uneingeschränkt genießen zu können.

„Du, Bertl, i waß trotzdem net, ob des a guade Idee is. Der Tschusch wü di sicher übers Haxl haun!" So kannte der Zuser den Rudi gar nicht. Bis jetzt hatte der sich noch nie geziert, wenn er ihn um eine Zustimmung zu einem Projekt gebeten hatte. Als es um die Umwidmung des Hammerer-Grundstücks in Bauland ging, um dessen Heurigen Richtung Weingarten hin auszubauen, hatte der Wasitzky nicht einmal mit der Wimper gezuckt, aber diesmal hatte er eigenartigerweise schwerwiegende Bedenken.

Lambert Zuser hielt es für angebracht, seinen Anglerfreund zuhause zu besuchen, aufgrund seines Kreuzbandrisses war der ja nicht sonderlich mobil. In weiser Voraussicht hatte er eine zünftige Jause, zwei Flaschen Wein und einen Birnenbrand mitgebracht. In weiser Voraussicht war er auch zu Fuß gegangen. Musste ja nicht jeder im Ort wissen, dass da im Geheimen über die Parteigrenzen hinweg Politik betrieben wurde, wenn man seinen Wagen vorm Haus des freiheitlichen Urgesteins stehen sah. Und außerdem – betrunken Autofahren, das war schon einem anderen Politiker im Ort zum Verhängnis geworden.

Vier Stunden später waren die drei Flaschen leer und die beiden Politiker sternhagelvoll. Aber der Deal war gleichsam besiegelt. Der Zuser hatte den Rudi Wasitzky tatsächlich soweit gebracht, dass er ihm mit seiner Fraktion bei der nächsten Gemeinderatssitzung die Unterstützung für das Großprojekt „Einkaufszentrum Kurzenbach“ geben würde. Soweit der offizielle Teil des Deals. Dann gab es noch einen inoffiziellen Teil. Die Gegenleistung sozusagen. Bürgermeister Lambert Zuser sicherte dem freiheitlichen Spitzenkandidaten Rudi Wasitzky unter vier getrübten Augen und per schlaffen Handschlag zu, ihn nach der Wahl am 14. Oktober 2018 zum Vizebürgermeister von Kurzenbach zu ernennen. Eine auch finanziell lukrative Krönung seiner langen Zeit im Gemeinderat! Zum einen gab es in der Partei des Amtsinhabers, nachdem der alte Hasner seinen Abschied bekannt gegeben hatte, ohnehin keinen geeigneten Kandidaten für den Vizebürgermeisterposten, und zum anderen sollte sich dadurch die Wiederwahl zum Bürgermeister auf jeden Fall ausgehen. Denn dass die zwei Parteien gemeinsam weniger als fünfzig Prozent der Wählerstimmen bekommen sollten, also um achtzehn Prozent weniger als bei der letzten Wahl, davon war momentan nicht auszugehen, auch wenn der Zuser immer mehr Bauchweh bekam, je näher die Wahl rückte. Man konnte nie wissen und bis zur Wahl waren es noch genau vier Monate. Da konnte noch viel passieren …

3. Kapitel

Vor drei Jahren war Anna-Lena Wajgl von Salzburg nach Kurzenbach gezogen, hatte sich danach oft einsam und als Fremdkörper im Ort gefühlt, aber seit der Vernissage von Hannelore Reinsberger-Zuser vor ein paar Wochen im Café Weber hatte sie das Gefühl, endlich angekommen zu sein. Plötzlich wurde sie wahrgenommen, man grüßte sie auf der Straße freundlicher als früher und in ihrem Töpferladen hatte sie in den letzten sechs Wochen mehr Umsatz gemacht als im ganzen vorigen Jahr.

„Man braucht einfach einen langen Atem!“, dachte Anna-Lena Wajgl, in ihrem kleinen Garten die Abenddämmerung bei einem Glas Rotwein genießend. Eigentlich hätte sie damals vor drei Jahren gleich wieder ihre Zelte abbrechen müssen, weil anfangs alles schief gelaufen war. Ihre Jugendfreundin, die Maria Krajicek, die in Wegendorf ein Keramikgeschäft betrieb, hatte sie überredet, ins schöne Kurztal zu ziehen. Drei Mal war Anna-Lena Wajgl bei ihrer Freundin zu Besuch, ein jedes Mal war sie begeistert von der Gegend und den Menschen hier, und als dann noch dieses schmucke, alte Häuschen am Hauptplatz von Kurzenbach preisgünstig zum Verkauf stand, zögerte sie nicht lange und griff zu.

Ursprünglich – so der Plan – wollte sie mit ihrem Lebensabschnittspartner Paolo, einem gebürtigen Italiener, den sie in der Mozartstadt Salzburg kennen und lieben gelernt hatte, dieses Haus bewohnen und gemeinsam den Töpferladen betreiben. Sie war für den künstlerischen Part vorgesehen und sollte die Objekte produzieren, und er das Marketing und den Verkauf übernehmen. Genau eine Woche, nachdem Anna-Lena Wajgl den Kaufvertrag unterzeichnet hatte, eröffnete ihr der gute Paolo, dass er sich in eine Jüngere verliebt hatte und in Salzburg bleiben würde. Für Anna-Lena Wajgl brach eine Welt zusammen, sie hatte ihr ganzes Erspartes in den Kauf des Hauses in Kurzenbach gesteckt, hatte alle Brücken in Salzburg abgebrochen und auf die gemeinsame Zukunft im kleinen Ort Kurzenbach gesetzt.

Von den Leuten im Dorf wurde sie anfangs argwöhnisch beäugt. Eine Zugezogene, eine „Zuagraste", wie man hierzulande zu sagen pflegte, noch dazu alleinstehend, und eine Künstlerin obendrein. Die Männer waren oft etwas neugieriger und freundlicher, vor allem, weil die Neue nicht schlecht aussah, wie am Stammtisch anerkennend registriert wurde, die Frauen in der Regel ein wenig eifersüchtig, weil der Ihrige sich da leicht einmal verschauen hätte können, was man ihm natürlich nicht geraten hätte.

„Jetzt bin ich eine richtige Kurzenbacherin!", freute sich Anna-Lena Wajgl und nahm einen kräftigen Schluck vom Rotwein. Es war ein Zweigelt-Hammer, von dem ihr der Wolfram Hammerer nach der Vernissage im Café Weber großzügig einen Dreierkarton geschenkt hatte. Sie mochte den Wein, auch wenn sie maximal zwei, drei Gläser davon trinken konnte, ohne am nächsten Morgen mit Kopfschmerzen aufzuwachen. Als Salzburgerin musste man sich erst allmählich an die hierzulande üblichen Trinkmengen gewöhnen.

Seit bei der jüngsten Gemeinderatssitzung die Errichtung der geplanten Tonskulptur am Hauptplatz mit großer

Mehrheit beschlossen wurde – nur die Freiheitliche Partei stimmte erwartungsgemäß dagegen – schwebte Anna-Lena Wajgl auf Wolke sieben. „Per aspera ad astra" – einen besseren Titel für dieses Kunstwerk hätte sie gar nicht wählen können. „Über raue Pfade gelangt man zu den Sternen – wie wahr!", dachte Anna-Lena Wajgl und schenkte sich beseelt nach.

Die letzten Wochen waren wirklich ein Wahnsinn gewesen! Das Geschäft florierte, ihr Kunstwerk am Hauptplatz war bewilligt worden, und sie selbst war zu einem Objekt der politischen Begierde geworden, denn nicht weniger als vier der fünf antretenden Parteien, bzw. Namenslisten buhlten um die Gunst der „zuagrasten" Salzburger Künstlerin.

Die ersten, die bei ihr diesbezüglich anklopften, waren die Grünen in der Person von Susanne Zuser. Die Susi war ein paar Wochen vor der Vernissage ihrer Mutter auf einen Kaffee im Töpferladen vorbei gekommen und hatte ihr ganz unverbindlich und unter dem Mantel der Verschwiegenheit die grünen Ideen für Kurzenbach präsentiert. Anna-Lena Wajgl fand die Bürgermeistertochter durchaus sympathisch, auch das kurz skizzierte Wahlprogramm gefiel ihr, aber zu einer offiziellen Unterstützung in Form einer Kandidatur wollte sie sich doch nicht durchringen. Kunst sollte ihrem Grundverständnis nach von Parteipolitik ferngehalten werden, und so wollte sie es auch weiterhin handhaben.

Bei der Vernissage von Hannelore Reinsberger-Zuser, es war schon zu fortgeschrittener Stunde, und alle hatten schon reichlich den kräftigen Hammer-Weinen zugesprochen, da begann auch der rote Weber um sie zu buhlen. Wie großartig nicht ihre Laudatio gewesen war und was für ein Gewinn sie doch für Kurzenbach war – er konnte sich gut vorstellen, dass sie für die sozialistische Partei in den Gemeinderat einzog, so sie es denn wollte.

Nun, die Sozialisten lagen ihr ideologisch nicht fern. Sie war im Salzburger Arbeiterviertel Lehen aufgewachsen, ihr Vater war über zehn Jahre lang Gemeinderat bei den Sozis gewesen. Die Roten vertraten die Ideen der kleinen Leute immer noch am besten, wie sie fand, und für Kunst hatten sie auch was übrig.

Dass sie es sich gründlich überlegen werde, hatte sie dem Weber geantwortet, um ihm vor Ort keinen Korb geben zu müssen, obwohl sie genau wusste, dass sie mit Politik eigentlich nichts am Hut haben wollte. Aber man konnte es ja noch überdenken, wenn man wieder nüchtern war.

Als nächster machte ihr Gemeindearzt Dr. Friedrich Czulak seine nicht nur politisch gemeinten Avancen. Eines Nachmittags stand er plötzlich mitten im Geschäft und fragte sie augenzwinkernd ziemlich direkt, ob sie nicht ein Stück des Weges mit ihm gemeinsam gehen wollte. Er meinte es in erster Linie politisch, aber wenn sie auch privates Interesse hätte, würde er da auch nicht abgeneigt sein. Die Wajgl glaubte, nicht richtig gehört zu haben, andererseits wusste sie aus Erzählungen, dass der Czulak recht schnell auf den Punkt kommen konnte.

Anna-Lena Wajgl hatte sich damals, als ihr guter Paolo sie sitzen gelassen hatte, geschworen, sich nie wieder etwas mit Männern anzufangen, und dabei wollte sie es auch belassen. Natürlich war sie vom Süßholzgeraspel des Gemeindearztes geschmeichelt, das tat einer alleinstehenden Frau einfach gut, und mit Mitte vierzig fühlte sie sich auch noch attraktiv genug für eine Beziehung, aber der Czulak schien ihr doch zu ungestüm mit der Tür ins Haus zu fallen.

„Wenn der Richtige kommt, lass ich mich vielleicht noch einmal erweichen!", war sich Anna-Lena Wajgl nicht ganz sicher, ob sie ihr Gelübde für ewig aufrecht halten würde. Tief in ihrem Innersten sehnte sie sich nach einem Mann, an den sie sich schmiegen konnte, wann immer sie ihn brauchte. Manchmal vermochte der Rotwein zu kompensieren, aber nicht immer.

Zwei Tage nach Gemeindearzt Dr. Czulak bekam Anna-Lena Wajgl dann Besuch vom Bürgermeister höchstpersönlich. Es war das erste Mal seit der Eröffnung ihres Töpferladens vor drei Jahren, dass sich Lambert Zuser hierher verirrte. Unter dem Vorwand, seiner Frau ein schönes Geschenk zum Hochzeitstag kaufen zu wollen, ließ er sich von Anna-Lena Wajgl fachkundig beraten, welcher Kerzenständer seiner Hanni wohl am besten gefallen könnte. „Natürlich der teuerste!", konnte sich der Zuser gerade noch einen bissigen Kommentar verkneifen, während sich Anna-Lena Wajgl daran machte, das 70-Euro Geschenk in buntes Papier zu verpacken.

„Eine Frage noch, liebe Frau Wajgl, wenn ich schon da bin. Ähm, hätten Sie vielleicht Lust, in die Politik einzusteigen? Eine kunstinteressierte Frau wie Sie wäre geradezu prädestiniert als Kulturgemeinderätin von Kurzenbach! In meiner Partei könnten Sie Karriere machen! Überlegen Sie es sich! Gemeinsam, ähm, könnten wir viel für Kurzenbach bewegen!"

4. Kapitel

„So ein schöner Kerzenständer, gell Mama!" – Hannelore Zuser war sichtlich gerührt über das Hochzeitstagsgeschenk, das sie soeben von ihrem „Berti" bekommen hatte. Man konnte über ihn sagen was man wollte, aber den Hochzeitstag, den hatte er in zweiunddreißig Jahren Ehe noch kein einziges Mal vergessen.

„Ja, schon, aber viel hat er sich nicht einfallen lassen!", ätzte Eleonore Reinsberger. „Wenn ich mich recht erinnere, hast Du letztes Jahr auch einen Kerzenständer bekommen und vorletztes Jahr auch. Dieses Haus schaut schon aus wie ein halber Friedhof! Dein werter Herr Gatte sollte einmal ein Wochenende mit Dir auf Urlaub fahren, aber er hat ja nur diese blöde Politik im Kopf!"

„Du oide Schåchtl!", wäre es Lambert Zuser fast rausgerutscht, aber er wusste sich zu beherrschen. An manchen Tagen im Jahr war es für ihn aus Rücksicht auf seine Hannelore tabu, mit seiner Schwiegermutter zu streiten. Der Hochzeitstag, Geburtstage und Weihnachten gehörten da beispielsweise dazu.

„Aber Mama, das war doch schon vor drei Jahren! Und der Kerzenständer damals war aus Schmiedeeisen!", versuchte Lambert Zuser die Mutter seiner Frau zu besänftigen, aber das gelang ihm nicht wirklich …

„Sag nicht Mama zu mir! Ich bin nicht Deine Mutter! So etwas wie Dich hätte ich nie zur Welt gebracht, so einen Nichtsnutz!"

„Mama, bitte! Nicht an unserem Hochzeitstag!", mischte sich Hannelore Zuser ein. Es war immer dasselbe. Ihre Mutter stichelte, wo sie nur konnte, und ihr Lambert provozierte sie, wo er nur konnte. Der wusste haargenau, dass sie es partout nicht ausstehen konnte, wenn er „Mama" zu ihr sagte.

Ein Wahnsinn! Zweiunddreißig Jahre waren sie schon verheiratet, überkam es Lambert Zuser in der nun folgenden Stille. Er konnte sich noch genau an die Hochzeit erinnern, damals in der Pfarrkirche von Kurzenbach und an die anschließende Tafel im „Gasthaus zur Goldenen Rose". Das Gasthaus gab es schon ewig nicht mehr, aber die Ehe hatte trotz einiger Turbulenzen bis zum heutigen Tag gehalten.

Knapp mehr als zwei Jahre hatten sie sich gekannt, bevor sie vor den Traualtar getreten waren. Wie ein Spielfilm lief das alles in Lambert Zuser ab, während er, von seiner Schwiegermutter mit giftigen Blicken bedacht, das Frühstück gierig in sich hineinstopfte – Käse, Schinken, Ei, frisches Brot und ein Stück Malakofftorte.

Zum ersten Mal gesehen hatten sie einander beim Frühlingsball in der zukünftigen Landeshauptstadt, damals im Mai 1984. Lambert Zuser war mit seinem Bruder Jakob und ihren gemeinsamen Jugendfreunden, dem Schachinger Roland und dem Wallner Michi, zum alljährlichen Tanzhighlight im Mostviertel gefahren, einfach, weil sie alle vier noch Singles waren, und weil es auf dieser Veranstaltung immer jede Menge hübscher Mädels gab. Vielleicht war da ja einmal die richtige dabei ...

Hannelore Reinsberger, damals zarte achtzehn Jahre jung, war mit ihrer zwischenzeitlich verstorbenen Jugendfreundin Gerti Waserer angereist. Beide waren sie zum ersten Mal beim Frühlingsball, nicht zuletzt, weil es sich bis nach Kurzenbach durchgesprochen hatte, dass es auf dieser Veranstaltung auch immer jede Menge hübscher junger Männer gab. Vielleicht war da ja der richtige dabei ...

So wie Lambert Zuser am zweiunddreißigsten Hochzeitstag an die erste Begegnung denken musste, so schweiften auch die Gedanken seiner Gattin zu jenem denkwürdigen Tag im Mai 1984. Sie konnte sich noch genau erinnern, sie war gerade aus der Toilette gekommen und wartete noch auf die Gerti, als plötzlich ein ungemein fescher, blond gelockter, junger Mann aus dem Herren-WC trat. Ihre Blicke trafen sich kurz und verloren sich dann gleich wieder im Gewühl der über tausend Ballgäste.

„Jetzt trink ma ein Glaserl Sekt!", beschloss Lambert Zuser, stand vom Frühstückstisch auf, ging zum Kühlschrank, holte eine gut gekühlte Flasche Hammerer-Sprudel und öffnete sie fachmännisch, ohne dass er einen Tropfen des prickelnden Winzersekts verschüttet hätte. Als erstes schenkte er seiner Hanni ein Glas ein, dann seiner Schwiegermutter, die sich wieder etwas beruhigt hatte, und zum Schluss sich selbst.

Mit einem Glas Sekt hatte es auch damals begonnen. Wie durch eine Fügung hatten sich die beiden am Frühlingsball dann auf der Tanzfläche wieder gesehen. In der „Maiglöckerl-Bar" drückte der Discjockey gerade auf die Tränendrüse. „I just called to say I love you" von Stevie Wonder, „I want to know what love is" von Foreigner und das ach so romantische „You're my heart, you're my soul" von Modern Talking. Die vier Mostviertler Jungs waren normalerweise zwar eher der härteren Musik zugetan – „Jump“ von Van Halen und „Eye of the Tiger“ von Survivor standen zu der Zeit hoch im Kurs –, aber für ein paar Nummern ließ man sich auch zu Kuschelmusik hinreißen. Und der Lambert überhaupt, denn seine Augen hingen nur mehr an dem hübschen, blonden Mädel mit den langen Zöpfen.

„Prost!“, erhob Lambert Zuser sein Glas und stieß zuerst mit seiner Schwiegermutter und dann mit seiner Gattin an. „Auf dass wir noch viele Hochzeitstage gemeinsam feiern können!“ Das war jetzt zwar ein wenig dick aufgetragen, denn seine Schwiegermutter hätte er schon entbehren können, aber was sagte man nicht alles um des lieben Friedens willen.

Die Hanni konnte ihren Blick auch nicht mehr von diesen wunderschönen blauen Augen abwenden, die sie ständig fixierten. Die beiden bewegten sich immer näher aufeinander zu, und als dann ein abrupter Rhythmuswechsel des Discjockeys der Romantik ein jähes Ende bereitete, sprach Lambert Zuser die schicksalsschweren Worte „Deaf i di auf an Sekt einlådn?“

Es folgten schöne, aber auch schwierige Jahre. Schön, weil die beiden völlig ineinander verknallt waren, schwierig, weil sie zum einen über einhundert Kilometer entfernt lebten und sich nur an den Wochenenden sehen konnten und zum anderen, weil die Eltern von Hannelore Reinsberger von Anfang an gegen ihren künftigen Schwiegersohn eingestellt waren. Je fester und inniger die Beziehung wurde, umso größer wurde ihre Ablehnung.

Für den Lambert war es nicht so einfach wegzugehen. Zuhause im Mostviertel waren er und sein Bruder Jakob in Vorbereitung, den Landmaschinenhandel ihres Vaters zu übernehmen. Roman Zuser beabsichtigte, die Firma zu gleichen Teilen seinen Söhnen zu überschreiben, da hätte der Lambert für die künftig ausgesorgt gehabt und seiner künftigen Frau ein schönes Leben bieten können. Nur, die Hanni wollte nicht weg aus Kurzenbach, die konnte sich mit dem Mostviertel und den Menschen dort so gar nicht anfreunden.

Schließlich setzte sich die junge Liebe gegen alle Widrigkeiten durch. Lambert Zuser verkaufte seinen Firmenanteil an seinen Bruder Jakob, erwarb ein Grundstück in Kurzenbach und hatte danach noch genügend Geld, um ein schönes Haus zu bauen. Und obwohl sie ihren Schwiegersohn spürbar ablehnten, unterstützten Eleonore und Walter Reinsberger ihre einzige Tochter dennoch tat- und finanzkräftig.

Natürlich war nicht alles immer Eitel Wonne, dachte Hannelore Zuser, die letzten zweiunddreißig Ehejahre im Zeitraffer Revue passieren lassend, vor allem vor zehn Jahren, als ihr Berti ein Gschpusi mit der Kellnerin vom Sportbuffet Trixi hatte, da stand die Beziehung auf des Messers Schneide, aber, Hand aufs Herz, war sie sich sicher, andere Männer waren auch nicht besser. Und einen perfekten Mann, so etwas gab es schon gar nicht! Klar, dass der Lambert bei weitem nicht mehr so attraktiv war wie vor zweiunddreißig Jahren, aber wer war das schon?

„Dass sie mir damals verziehen hat, war schon ein schöner Zug von ihr!“, fühlte sich Lambert Zuser seiner Gattin zu ewigem Dank verpflichtet. Wenn nicht schon seit über zwanzig Jahren diese mühsame Schwiegermutter im Haus gewohnt hätte, dann hätte ihre Beziehung in den letzten Jahren bestimmt besser funktioniert, und der Ausrutscher damals beim Faschingsgschnas wäre nie passiert. Aber solange die Alte lebte – und sie wirkte mit achtundachtzig immer noch sehr agil –, so lange hatten sie diesen Drachen fast rund um die Uhr am Hals, auch wenn seine Hanni das natürlich anders empfand als er.

„Und", war sich Lambert Zuser sicher, während er Sekt nachschenkte, „eine nach außen hin harmonische Ehe ist auch für den bevorstehenden Wahlkampf kein Nachteil!" Gerade hier am Land wurde Werten wie Ehe und Familie noch große Bedeutung beigemessen. Und von den fünf Spitzenkandidaten für die Gemeinderatswahl war der amtierende Bürgermeister von Kurzenbach der einzige, der eine intakte Ehe führte. Der rote Weber war geschieden, sein Freund, der Rudi Wasitzky, seit ein paar Jahren verwitwet, Gemeindearzt Dr. Czulak ein Frauennarr und gleichzeitig ewiger Junggeselle, und über das Privatleben seiner Tochter wusste niemand Genaueres, nicht einmal die Eltern.

Also war Lambert Zuser fest entschlossen, in den Monaten vor der Wahl vermehrt den „Ehe-Joker" auszuspielen und sich bei möglichst vielen öffentlichen Anlässen mit seiner Hannelore zu zeigen. Und ehrlich gesagt, die gute Hanni genoss es ja auch, im Ort mit „Frau Bürgermeister" angeredet zu werden. Da musste sie schon auch ein paar Opfer bringen und zu den Veranstaltungen mitkommen.

5. Kapitel

„Ein herrlicher Tag ist das heute!“, meinte ein gut gelaunter Reinhold Weber, als er den ersten Gästen den Kaffee auf die Terrasse servierte. Ausflügler aus Wien wollten eine Wanderung bis zum Ursprung des Mallerbaches, der bei Kurzenbach in die Kurz mündete, machen und waren schon zu früher Stunde mit dem Zug aus der Bundeshauptstadt aufgebrochen. Reinhold Weber war gerade dabei, die herrlich blühenden Blumen auf der Terrasse zu gießen, als die drei Wiener Paare vorbeikamen.

„Gibt 's leicht schon an Kaffee?“, erkundigte sich eine der älteren Damen, das versperrte Terrassentor wissentlich ignorierend. Da blieb dem Weber, der sich gern als Ankurbler der brachliegenden Kurzenbacher Gastronomie sah, natürlich nichts anderes übrig, als die sechs Gäste noch vor der offiziellen Öffnungszeit zu bewirten.

„Leicht ist gar nichts, aber einen Kaffee und eine Mehlspeise kann ich Ihnen schon anbieten!“, witterte er Geschäft in aller Früh. Das ließen sich die Wiener nicht zweimal sagen. Drei Cappuccino, zwei große Braune und einen kleinen Braunen bestellten sie, ebenso wie zweimal Apfelstrudel, einmal Sachertorte und dreimal Kurzenbachschnitte. Diese Schnitte stand heuer erstmals auf der Karte und sie war der absolute Renner! Mehrere Schichten flaumiger Biskuitteig, dazwischen mehrere Lagen Kaffeecreme und Marillenmarmelade und darüber reichlich Mandelsplitter. Das Ganze mit etwas Schlagobers verziert, um wohlfeile drei Euro fünfzig, viel zu billig eigentlich, überlegte der

Weber, in der Schweiz hätte so eine Schnitte das Dreifache gekostet!

Die Wiener waren äußerst angetan ob der Freundlichkeit des Wirten, der ihnen dieses köstliche zweite Frühstück außerhalb der Öffnungszeiten ermöglichte. Da konnten sich die Gastronomen in Wien eine Scheibe abschneiden! Dazu diese schöne Gegend und dieses herrliche Wetter. Fünf Stunden war die Wanderung angegeben, jetzt war es kurz vor zehn, so spätestens um sechzehn Uhr wollten sie wieder in Kurzenbach sein. Wohlweislich hatten sie sich Jausenbrote geschmiert und Obst eingepackt, sowie ein paar Dosen gut gekühlten Radler, denn während der Wanderung gab es im Mallerbachtal leider keine Möglichkeit, Verpflegung einzukaufen geschweige denn Essen zu gehen.

Für sechzehn Uhr hatten sie einen Tisch bei einem Heurigen reserviert, um den Ausflug gebührend ausklingen zu lassen. Kurz nach neunzehn Uhr fuhr der letzte Zug nach Wien, den mussten sie auf jeden Fall erreichen.

Der Weber war sichtlich nicht begeistert, als ihm die Wiener erzählten, dass sie bei seinem Intimfeind, dem jungen Hammerer, einkehren wollten, aber da er der einzige Heurige war, der im Moment geöffnet hatte, konnte er ihnen keine Alternative schmackhaft machen. Das Sportbuffet Trixi mit dem lebenden Inventar Rudi Wasitzky, der sich ständig selbst im Spritzweintrinken übertraf, war nicht unbedingt ein gastronomisches Highlight für Gäste, die sich nach Kurzenbach verirrten, und ein Renommee schon gar nicht.

Reinhold Weber wusste, dass es viel zu tun gab in Kurzenbach. Vor zwei Jahren war er nach fast zwei Jahrzehnten in der Schweiz wieder in seine Heimat zurückgekehrt. Seine Eltern waren mit Jahresende in Pension gegangen, halfen aber noch immer tatkräftig im Kaffeehaus mit. Ein Jahr lang hatten sie den Laden gemeinsam geschupft, jetzt war Reinhold Weber alleinverantwortlich für die Geschäfte.

In den zwanzig Jahren fern der Heimat hatte er nur wenig Kontakt mit seinen Eltern und seinen Geschwistern, in Kurzenbach war er in all den Jahren überhaupt nur dreimal gewesen. So bekam er den Niedergang der örtlichen Gastronomie gar nicht richtig mit. Als er im Juni 2016 zurückkehrte, wurde ihm klar, wie sehr der Ort in seiner Abwesenheit abgewirtschaftet hatte.

Reinhold Weber hatte in einem Schweizer Nobelschiort gearbeitet und gelebt, da gab es so etwas wie eine tote Saison erst gar nicht. Von November bis April war Wintersaison und die ging fast nahtlos in die Sommersaison über, die bis Mitte Oktober dauerte. Hier in Kurzenbach wurden nach der Weinlese Mitte Oktober die Gehsteige förmlich hinaufgeklappt und ungefähr Mitte April, je nach Wetter, erwachte alles wieder in typisch österreichischer Gemächlichkeit. In den Wintermonaten waren Gäste von außerhalb Mangelware – keine Frage, dass sich das auf die Gastronomie auswirkte, denn welches Gasthaus konnte es sich leisten, ein halbes Jahr nur von den Einheimischen zu leben, auch wenn sie nicht schlecht konsumierten?

Dazu kam ein Langzeitbürgermeister, der nicht einmal wusste, wie man innovativ schrieb – den Weber wunderte es nicht, dass sich Kurzenbach in einer Art Dornröschenschlaf befand.

Schon nach wenigen Wochen zurück in der Heimat wusste er, entweder Zeit, Geld und Energie investieren oder für immer zurück in die Schweiz. Letzteres wollte er eigentlich nicht mehr, denn nach fast zwanzig Jahren im benachbarten Ausland fühlte er, wie ausgebrannt er mit Anfang vierzig schon war. Tagein tagaus das harte Geschäft Gastronomie ging gehörig an die Substanz, kaum dass er sich einmal einen Urlaub gegönnt hatte. Privatleben war sowieso ein Fremdwort für ihn gewesen. Seine Beziehung, er war mit einer um drei Jahre jüngeren Tochter eines Schweizer Hoteliers verheiratet, war vor fünf Jahren in die Brüche gegangen. Die Zeit war reif, einen Gang zurückzuschalten und anzufangen, das Leben ein wenig zu genießen.

Und zwischen einen Gang zurückschalten und den lähmenden Wintermonaten in Kurzenbach war noch viel Spielraum, um sich etwas aufzubauen. Reinhold Weber hatte in der Schweiz ein kleines Vermögen zusammengespart. Da würde selbst nach einem großzügigen Umbau des Kaffeehauses in ein Restaurant noch genug Geld übrig sein, um das übernächste Ziel, das Errichten von Gästezimmern, zu finanzieren.

Der Weber wälzte ambitionierte Pläne. Untätig zu sein und zuzuschauen, wie Kurzenbach noch mehr in Stillstand verfiel, lag nicht in seiner Natur. Darum hatte er auch beschlossen, bei der Gemeinderatswahl im Herbst als Spitzenkandidat für die Roten zu kandidieren. Die lagen allerdings ähnlich darnieder wie der Ort selbst. Reinhold Weber rechnete zwar nicht damit, dass er Ortschef von Kurzenbach werden würde, aber die Absolute der Bürgermeisterpartei zu brechen, war für ihn ein großer Anreiz.

Und dass er künftig im Gemeinderat sitzen würde, war für ihn als Spitzenkandidat der Roten sowieso sonnenklar.

Gleich nach der Wahl wollte er mit einer groß angelegten Umgestaltung seines Kaffeehauses beginnen. Jetzt noch die Sommersaison gut über die Runden bringen, dann über die Wintermonate umbauen und ab Mitte April nächsten Jahres voll durchstarten und Kurzenbach eine Gaststätte schenken, zu der die Gäste aus nah und fern strömten. Schnell und konsequent musste er seinen Weg gehen, denn sein Kellernachbar Wolfram Hammerer verfolgte ähnliche Pläne und da galt es, sich einen Vorsprung zu verschaffen. Auch wenn es für Kurzenbach nur gut sein konnte, wenn es zwei gastronomische Betriebe gab, die Gäste von außerhalb anlockten, aber wie heißt es so schön – jedem ist das Hemd näher als der Rock!

Die sechs Wiener, die er jetzt eine Stunde vor der offiziellen Öffnungszeit bewirtet hatte, würden mit Sicherheit wiederkommen. Und wenn er dann auch noch schöne Gästezimmer anzubieten hatte, vielleicht einen Kurzurlaub im Kurztal verbringen ...

„Eine schöne Wanderung wünsch ich Ihnen! Und kommen Sie bald wieder nach Kurzenbach! Nächstes Jahr um diese Zeit können Sie bei mir schon warm Mittagessen oder Abendessen, je nachdem, wie Sie möchten! Und in zwei Jahren können Sie hier auch gleich übernachten!“ Er zeigte auf den alten Stadel rechts hinterm Kaffeehaus und erklärte den beeindruckten Gästen seine Umbaupläne. Und damit sie sich auch ja an ihn erinnerten, drückte er, geschäftstüchtig wie er nun einmal war, jedem Paar eine Visitenkarte vom Kaffeehaus Weber in die Hand.

6. Kapitel

Das „Wiesenfest“ von Kurzenbach war der Höhepunkt im Veranstaltungskalender der idyllischen Kurztalgemeinde. Drei Tage lang, traditionell das Wochenende, das der Sommersonnenwende kalendermäßig am nächsten lag, verwandelte sich die Kurzwiese am Ortseingang alljährlich zu einem Rummelplatz im wahrsten Sinne des Wortes. Ein riesiges Zelt, das vor Schlechtwetter schützen sollte, und rundherum verschiedene Stände, die Wein, Bier und allerlei Schnäpse ausschenkten und kulinarische Highlights anboten, wie Surschnitzel, knusprige Grillhenderl oder riesige Pfannen mit Winzergeschnetzeltem. Die Dorfjugend bemühte sich drei Tage lang, möglichst viele würzige Feuerflecken, mit Schmalz und Knoblauch oder Rahmsauce, und köstliche Palatschinken, mit Marillenmarmelade oder Nutella, zu verkaufen, um so die gähnend leere Vereinskasse etwas zu füllen.

Seit Anna-Lena Wajgl in Kurzenbach lebte, hatte am Wiesenfest selbst die Kunst ein klein wenig Einzug gehalten, mit einer auffällig bunt gestalteten kleinen Hütte, die Töpferwaren anbot. Heuer hatte sie auch ein paar keramische Kunstgegenstände ihrer Wegendorfer Freundin Maria Krajicek am Stand platziert. Als Gegenleistung durfte sie dann im August am Wegendorfer Marktfest ein paar ihrer Töpfereien ausstellen. So half man sich gegenseitig ein wenig, ohne jeweils großen Aufwand betreiben zu müssen.

Für die Kleinen gab es ein Ringelspiel, für die nicht mehr so Kleinen eine Schießbude, manches hatte sich in den fünfunddreißig Jahren seit Bestehen des Wiesenfestes nicht geändert. Ja, heuer feierte man den fünfunddreißigsten Geburtstag und zugleich so etwas wie den wehmütigen Abschied vom alteingesessenen Standort Kurzwiese. Denn, wenn alles nach Plan lief, dann würde in einem Jahr an genau diesem Ort schon das Einkaufszentrum Kurzenbach seine Pforten geöffnet haben.

Acht Tage vor Beginn des Wiesenfestes hatte der Gemeinderat mehrheitlich beschlossen, das Wiesenareal am Ortseingang in Bauland umzuwidmen. Lediglich die Kurzenbacher Sozialisten waren dagegen, aber auch eher aus Prinzip, als dass es lautstarke Proteste gegeben hätte. Ihr Spitzenkandidat für die bevorstehende Gemeinderatswahl, Reinhold Weber, war zwar für die Ansiedlung von Betrieben und Geschäften, aber gegen das Einkaufszentrum an diesem Standort, Friedrich Czulak mit seiner Bürgerliste KURZENBACH NEU saß noch nicht im Gemeinderat und die Grünen würden auch erst ab Oktober, wenn überhaupt, in diesem Gremium vertreten sein. So gesehen gab es keinen günstigeren Zeitpunkt für die Umwidmung, als diese letzte Gemeinderatssitzung kurz vor der Sommerpause, noch dazu, wo noch keine Partei oder Namensliste im Wahlkampf war.

Als dann am Montag nach der Gemeinderatssitzung auf der Titelseite des Kurztalboten die Schlagzeile „Einkaufszentrum für Kurzenbach“ prangte, war die Aufregung im Ort groß. Zwar wurde ständig und überall geschimpft, dass man wegen jeder Kleinigkeit nach Wegendorf fahren musste, weil man außer Milch und Brot in Kurzenbach so gut wie nichts mehr einkaufen konnte, aber ein Einkaufszentrum, noch dazu am Ortseingang, und ausgerechnet auf der legendären Kurzwiese, das war vielen Bewohnerinnen und Bewohnern aber auch nicht recht.

Dienstagabend hatten sich der Weber, der Czulak und die Susi Zuser bei ihr daheim zu einem Krisengipfel getroffen. Noch bevor sie alle drei im Gemeinderat saßen, bewiesen sie schon koalitionäre Qualitäten und beschlossen spontan, gemeinsam gegen das geplante Einkaufszentrum vorzugehen. Ein Wahnsinn war das, ein unverantwortlicher Alleingang des Bürgermeisters, die Bevölkerung war überhaupt nicht informiert worden, geschweige denn gefragt worden, ob sie so ein Einkaufszentrum überhaupt brauchte und wollte.

Schon bald war klar, dass es eine überparteiliche Plattform geben musste, die gemeinsam gegen dieses Monsterprojekt vorgehen sollte. Als erstes einigten sich die drei darauf, eine Unterschriftenaktion zu starten. Die Zeit drängte, denn am Freitag begann das diesjährige Wiesenfest. So viele Kurzenbacherinnen und Kurzenbacher an einem Ort bekam man das ganze Jahr nicht zu Gesicht. So gesehen gab es keinen günstigeren Zeitpunkt für die Unterschriftenaktion, als dieses letzte Wiesenfest am alteingesessenen Standort Kurzwiese. Hier ließ sich aus den Emotionen bestimmt gut Kapital schlagen, denn alle liebten das Wiesenfest und freuten sich das ganze Jahr darauf. Unvorstellbar, dass das ab kommendem Jahr nicht mehr so sein sollte!

„Liebe Kurzenbacherinnen und Kurzenbacher!“, begann Bürgermeister Lambert Zuser unter gellendem Pfeifkonzert und unter Buhrufen seine Eröffnungsrede zum diesjährigen

Wiesenfest, dem der traditionelle Anstich eines von der Gemeinde gespendeten Wein- und eines Bierfasses folgte. „Mit einem lachenden und einem weinenden Auge darf ich vor euch hintreten und das fünfunddreißigste Wiesenfest auf unserer geliebten Kurzwiese eröffnen!"

„Zuser, du Verräter!" brüllte irgendjemand durch ein Megaphon, aber der Langzeitbürgermeister von Kurzenbach ließ sich nicht beirren. „Wo wir heute hier stehen, beginnt bald schon die Zukunft, liebe Kurzenbacherinnen und Kurzenbacher! Wir bekommen als erster Ort im Kurztal ein Einkaufszentrum geschenkt, möchte ich fast sagen, wir bekommen Arbeitsplätze, wir müssen nicht mehr kilometerweit zum Einkaufen fahren, wir leisten dadurch einen aktiven Beitrag zum Umweltschutz, unserer Jugend werden Zukunftsperspektiven geboten, jawohl, liebe Kurzenbacherinnen und Kurzenbacher, das letzte Wiesenfest am Standort Kurzwiese ist kein Abschied, sondern ein Neubeginn für unseren wunderschönen Ort!"

Platsch! Platsch! Platsch! Was war das? Der Zuser schaute erschrocken auf sein weißes Hemd, auf dem sich ein roter Fleck abzeichnete. Platsch! Platsch! Platsch! Jetzt hatte ihn etwas am Kopf gestreift! So eine Frechheit! Da schoss wer mit Tomaten auf ihn! Platsch! Platsch! Platsch! Das waren nicht nur Tomaten, erkannte Lambert Zuser verärgert, als ein paar Eierschalen auf sein Rednerpult fielen. Platsch! Platsch! Platsch! Jetzt hatte ihn ein Wurfgeschoss an der Stirn getroffen! Langsam rann der gelbe Dotter an seiner rechten Schläfe herunter.

„Ich weiß, liebe Kurzenbacherinnen und Kurzenbacher, jede Veränderung bringt etwas Neues, aber unser ganzes

Leben ist Veränderung, wir müssen uns aus Liebe zu unseren Kindern der Zukunft stellen! Und ich verspreche euch, so wahr ich euer Bürgermeister bin, unser geliebtes Wiesenfest wird nicht sterben. 2019 wird es an einem neuen Standort stattfinden und es wird noch besser und größer und schöner werden! Das verspreche ich euch! Prost, meine lieben Freunde! Ich erkläre das Wiesenfest 2018 offiziell für eröffnet!“

Dem Zuser musste es wie ein Hagelsturm vorgekommen sein, wie er da mit Tomaten und Eiern beschossen wurde, aber je mehr er getroffen wurde, umso ruhiger wurde er innerlich. Er wusste, dass er letztendlich gewinnen würde. Jetzt war er der Gedemütigte, über den sich alle lustig machten, aber er durfte sich nichts anmerken lassen, sich nicht provozieren lassen. Wie stand schon in der Bibel so treffend geschrieben: „Wenn dich einer auf die linke Wange schlägt, dann halte ihm auch die andere hin!“

7. Kapitel

So etwas hatte man in Kurzenbach noch nicht gesehen! Da wurde der amtierende Bürgermeister doch glatt mit Tomaten und Eiern beworfen und auf das wüsteste beschimpft. Und der wehrte sich nicht einmal! Nach seinen Eröffnungsworten war er seelenruhig von der Bühne Richtung Seitenausgang gegangen. Das war wirklich sehr verwunderlich, denn jeder im Dorf wusste, was der Zuser für ein Häferl sein konnte, als wahrer Choleriker vor dem Herrn war er bekannt. Vor allem Gemeindesekretär Wagner konnte ein Lied davon singen …

Pflichtbewusst sprang Franz Wagner von seinem Sitzplatz auf und eilte dem Bürgermeister hinterher, auch auf die Gefahr hin, dass er jetzt die ganze Wut des Gedemütigten abbekommen würde. Der Zuser tat ihm leid, so etwas hatte er sich nicht verdient. Dabei konnte er noch von Glück reden, dass der Bezirkshauptmann, der eigentlich zur Eröffnung kommen wollte, kurzfristig abgesagt hatte. Das wäre die totale Blamage gewesen, wenn dem Ganzen auch noch ein Bezirks- oder gar Landespolitiker beigewohnt hätte.

„Herr Bürgermeister, darf ich Sie nach Hause fahren?“ – was Besseres fiel dem Wagner nicht ein, doch zu seiner Überraschung war Bürgermeister Lambert Zuser, der zu Fuß zum Wiesenfest gekommen war, damit einverstanden. „Guade Idee, Fraunz, daunk da schee!“ Schweigend gingen die beiden Männer zum Fahrzeug des Gemeindesekretärs, das unweit vom Eingang geparkt war. Der Wagner breitete eine Decke am Beifahrersitz aus, um kein verschmutztes Auto zu haben. Während der Fahrt sprachen die beiden ebenfalls nichts miteinander, nur einmal stieß der Zuser einen leisen Fluch aus, der beim Wagner so ähnlich wie „Soiche Oaschlecha!“ ankam.

„I bin glei wieda då!“, meinte Bürgermeister Zuser, als ihn der Wagner zuhause absetzte. So einfach würde er sich nicht geschlagen geben! Gemeindesekretär Wagner blieb im Auto sitzen, während sich der Bürgermeister im Badezimmer aus seiner klebrigen Kleidung schälte und unter die Dusche stieg. Zum Glück waren weder seine Hannelore, noch seine Schwiegermutter zuhause, die waren wie jeden Freitag bei der Damenrunde im Café Weber. Eine Moralpredigt seiner Schwiegermutter hätte ihm gerade noch gefehlt …

Im Festzelt hatten in der Zwischenzeit die „Krawäubuam“ zu spielen begonnen. Wie durch ein Wunder hatten ihre Instrumente außer ein paar roten und gelben Spritzern nichts abbekommen, so konnten die beliebten Musikanten wie geplant loslegen. Ein wenig zünftige Musik war jetzt sicherlich das richtige, um die erhitzten Gemüter etwas abzukühlen. Bei den „Krawäubuam“ wirkte auch ein waschechter Kurzenbacher mit. Der Joschi Weingartner war seit der Gründung vor zwanzig Jahren mit von der Partie und saß seit damals am Schlagzeug. Außerdem saß er für die Bürgermeisterpartei im Gemeinderat und war ein guter Freund vom Zuser. Und da hatte der Joschi vorhin ganz schnell geschaltet und sich gedacht, bevor jetzt irgendeiner von diesen Rabauken ans Rednerpult ging und noch mehr Schaden anrichtete, sollten die „Krawäubuam“ lieber zu spielen anfangen.

Exakt zweiunddreißig Minuten nachdem er das Wiesenfest verlassen hatte, war Bürgermeister Zuser zurück. Frisch geduscht, umgezogen, bestens gelaunt – nichts ließ darauf schließen, was da vor einer guten halben Stunde auf der Bühne vorgefallen war.

„Fraunz, jetzt trink ma a Bier und essma a Stötzn! Des hauma uns vadient! I daunk da recht schee! Du bist eingl̊ådnt!" Der Zuser winkte eine Kellnerin herbei und gab seine Bestellung ab. Er genoss es förmlich, wie ihn die Leute von den Nachbartischen her ungläubig anstarrten. Gerade vorhin hatten sie sich noch über ihn das Maul zerrissen, und jetzt stand es ihnen weit offen. Für die meisten war der Zuser heute so etwas wie Phönix aus der Asche.

Bald schon saßen Bürgermeister Lambert Zuser und Gemeindesekretär Franz Wagner nicht mehr allein am Tisch. Freunde und Parteikollegen nahmen Platz und gaben ihrer Empörung über den unglaublichen Vorfall Ausdruck. „Då is' jå zuagaunga wia bei de Hottentotten!", meinte beispielsweise Vizebürgermeister Helmut Hasner mit schon etwas schwerer Zunge, obwohl der natürlich nicht wissen konnte, wie es bei den Hottentotten zuging, auch wenn er schon einmal mit dem Bezirksweinbauverein in Südafrika war.

„La Paloma Blanca" wurde gerade von den „Krawäubuam" besungen, und im Zuser kamen Erinnerungen an den Sommer 1975 hoch, damals, als er beim Geburtstagsfest vom Roland Schachinger mit dessen Freundin, der Wallner Rosi, herumgeschmust hatte, und ihn der wütende Roland dann abgewatscht hatte. Der Lambert war damals so betrunken gewesen, dass er sich am nächsten Tag nur mehr schemenhaft ans Schmusen und an die Ohrfeigen erinnern konnte.

Und irgendwie war er heute ja auch ziemlich abgewatscht worden, aber wie damals hatte er sich auch heute nicht gewehrt und war dann als der eigentliche Sieger dagestanden. Lambert Zuser fühlte sich richtig gut. Er war der Held des Abends und die anderen waren die Bösewichte. Zufrieden nahm er einen riesigen Schluck Bier und schnitt sich ein herzhaftes Stück von der Schweinsstelze ab.

Dieser Vorfall mit den Tomaten und Eiern war den Kurzenbacherinnen und Kurzenbachern doch zu weit gegangen. Mit diesen Rowdies wollten sich die wenigsten identifizieren. Und so war der Unterschriftenaktion gegen das geplante Einkaufszentrum nur ein bescheidener Erfolg beschert. Im Gegenteil, der Reinhold Weber, der Friedrich Czulak und die Susi Zuser, die mit ihrer Liste von Tisch zu Tisch gingen, wurden des Öfteren mit unfreundlichen Worten verjagt und gut zwei Stunden nach dem Vorfall hatten sie erst dreiundsechzig Unterschriften beisammen. Eigentlich mickrig, wenn man bedenkt, dass da sicher schon dreihundert Leute im Festzelt waren.

Und da war es mit der kurzfristigen Koalition aus Sozialisten, Namensliste KURZENBACH NEU und den Grünen auch schon wieder vorbei. Draußen hinterm Zelt wurde nämlich heftig herumgestritten und man wies sich gegenseitig die Schuld zu. Die Tomaten-Eier-Aktion war nicht abgesprochen gewesen, sondern war von ein paar Freunden von Susanne Zuser im Alleingang durchgeführt worden …

und hatte sich letztendlich als Eigentor erwiesen. Viel Lärm um nichts, wenn man genau sein wollte.

„Schöne Maid, hast Du heut für mich Zeit?“ Die „Krawäubuam“ sorgten dafür, dass bei Tony Marschall wieder einmal die Pensionskassa klingelte. Ja, so ein alter Schlagerstar müsste man sein, so ein Tony Marschall oder ein Roberto Blanco, da wurden einem das ganze Jahr über landauf landab die musikalischen Referenzen erwiesen. Und die Tantiemen überwiesen. Ohne dass man mehr einen Finger dafür krumm machen musste.

„Rosamunde schenk mir dein Herz und sag ja!“ Bürgermeister Lambert Zuser schwebte im siebten Himmel und wagte sich zu diesem Schlager sogar aufs Tanzparkett. Seine Auserwählte und schöne Maid noch dazu war Anna-Lena Wajgl und die hatte ihm vor fünf Minuten das Ja-Wort gegeben.

„Ja!“, hatte sie ihm anvertraut, „ich werde für Dich im Oktober als Kulturgemeinderätin kandidieren!“

-

KURZENBACH
VIERTER TEIL

1. Kapitel

Ein herrlicher Spätsommertag war das! Die Temperaturen waren noch einmal auf knapp über dreißig Grad geklettert. Rekordverdächtig für einen 14. September! Die Weinernte stand kurz bevor, die Winzer sprachen bereits von einem Jahrhundertjahrgang, aber das machen sie aus Werbezwecken ohnehin jedes Jahr so.

Die Kurz wälzte sich träge dahin. Wie ein silbernes Band, in dem sich die Sonne spiegelte. Die Enten und Schwäne hatten ihre Freude, die im Frühjahr heraufbeschworene Biberplage hatte sich zum Glück als Rohrkrepierer entpuppt. Nur ganz selten sah man angeknabberte Bäume und von Bibern gefällt war den ganzen Sommer kein einziger geworden. Kurzum, die Idylle am Fluss war nach wie vor vorhanden.

Bürgermeister Lambert Zuser saß an seinem Anglerplatz und ließ die abgelaufene Woche Revue passieren. Der Wahlkampf hatte voll eingesetzt, das Ortszentrum von Kurzenbach glich einem Plakatständerwald. Allein am Hauptplatz hatte der Zuser vor zwei Tagen vierzehn Wahlplakate gezählt. „Einen Monat noch“, freute er sich, „dann kehrt wieder Ruhe ein!“

Wie zu erwarten, hatten sich drei der fünf wahlwerbenden Parteien in ihrer Botschaft gegen das geplante Einkaufszentrum ausgesprochen. „ORTSKERN BELEBEN STATT EINKAUFSZENTRUM!“ war einer der Slogans der Roten, „EINKAUFSZENTRUM, NEIN DANKE!“ war die Botschaft, die von der Namensliste KURZEN-

BACH NEU ausgesandt wurde und „RETTET DIE KURZ-WIESE!“ der von Umweltgedanken motivierte Leitsatz der Grünen.

„AUS LIEBE ZU KURZENBACH!“ verzichteten die Blauen auf ihren Plakaten auf jegliche Stellungnahme pro Einkaufszentrum, obwohl sie ja für die Umwidmung von Grünland in Bauland gestimmt hatten. Der Rudi Wasitzky war ein gebranntes Kind, denn bei der vorletzten Wahl vor zehn Jahren hatte man mit dem Slogan „ERFAHRUNG STATT UMFAHRUNG!“ gegen die geplante Ortskernentlastung von Kurzenbach Stellung bezogen und war von den Wählern reichlich abgestraft worden.

Die Bürgermeisterpartei von Lambert Zuser hatte zusätzlich zu den bestehenden drei Plakatsujets aus aktuellem Anlass und sehr zum Leidwesen der Landeshauptfrau noch ein viertes aus dem Ärmel gezaubert. „FAHR NICHT FORT, KAUF IM ORT! EINKAUFSZEN TRUM KURZENBACH – UNSERE ZUKUNFT!“ Auf diesem Plakat, das die anderen Sujets an Häufigkeit deutlich übertraf, waren die Landeshauptfrau und der Bürgermeister von Kurzenbach zu sehen, wie sie gemeinsam ein Miniaturmodell des geplanten Einkaufszentrums in Händen hielten und mit siegessicherem Lächeln den Daumen der jeweils freien Hand nach oben streckten. Wahlkampfmanager Fritz Hauser hatte wieder volle Arbeit geleistet!

„Servas Bertl, wia geht ’s?“ Der Rudi Wasitzky hatte sich von seinem Kreuzbandriss ganz gut erholt und kam seit einiger Zeit wieder regelmäßig zum Angeln. Das freute natürlich den Zuser, denn der Rudi vergaß nie darauf, seinen selbstgebrannten Obstler mitzubringen.

„Daunk da Rudi, es geht! Und söwa?“ Dem Zuser ging es in der Tat nicht so schlecht. Er mochte die warme Jahreszeit, da konnte er sich oft zum Angeln zurückziehen, und alle konnten ihm den Buckel runterrutschen. Der Sommer war bis auf ein paar Ärgernisse angenehm friedlich verlaufen, eine Art Ruhe vor dem Sturm, wie der Zuser angesichts des bevorstehenden heißen politischen Herbstes vermutete. Anfang letzter Woche hatte der Wahlkampf offiziell begonnen, jetzt ging es ums Eingemachte, aber der Bürgermeister von Kurzenbach sah durchaus reelle Chancen, auch nach dem 14. Oktober die Geschicke seines Ortes lenken zu dürfen.

„Danke, Bertl, geht eh a, åwa wauns Wetta umschlågt, gspia i des glei in da Haxn!“ Der Rudi Wasitzky verzog sein Gesicht zu einer säuerlichen Miene und deutete mit dem Zeigefinger der rechten Hand auf sein lädiertes Knie. „åwa nåch a poa Spritzweine bei da Gerti geht ’s daun eh wieda und schlåfn kaun i daun a bessa!“, fügte er grinsend hinzu.

Noch bevor der Rudi Wasitzky sich daran machte, seine Angel in Position zu bringen, holte er die Schnapsflasche und zwei Gläser aus dem Rucksack und schenkte großzügig ein. Ja, so ein Spätsommertag gehörte schon gefeiert! Die nächsten Wochen würden ohnehin anstrengend werden.

Nächsten Freitag beispielsweise stand dem Zuser ein ganz besonders heikler Tag bevor, nämlich am Vormittag der Spatenstich für das Einkaufszentrum und am Nachmittag die feierliche Enthüllung der Skulptur „Per aspera ad astra“. Bei beiden Veranstaltungen würde die Landeshauptfrau zugegen sein. Seit dem Vorfall beim Wiesenfest wusste Lambert Zuser, dass es politische Gegner gab, die vor nichts zurückschreckten. Um nichts dem Zufall zu überlassen, hatte er vorsichtshalber bei der Bezirkspolizei deponiert, man möge doch ein paar Ordnungshüter abstellen. Der Zuser erhoffte sich davon eine abschreckende Wirkung für potentielle Unruhestifter. Für alle Fälle hatte er auch Wahlkampfmanager Fritz Hauser über mögliche Störaktionen in Kenntnis gesetzt. Der kontaktierte daraufhin ebenfalls die Bezirkspolizei, was dort gleich ein wenig die Alarmglocken schrillen ließ.

„Auf das der Schas boid vorbei is!", hob der Rudi Wasitzky sein Glas auf die bevorstehende Gemeinderatswahl und die Anglerfreunde stießen an. Beide kippten das Stamperl in einem Zug hinunter – „Aaahhh!"

„Rudi, wauma de Woi gwinnan und i Burgermaster bleib und du mei Vize wiast, daun låd i di nåch Wegendorf zum Goidanen Oxn ei! Då nehmma uns a Taxi und låssn uns hifian, weu daun kemma uns gscheit zuarinna låssn!"

Das „Gasthaus zum Goldenen Ochsen" war der bekannteste Gourmettempel im ganzen Kurztal. Drei Hauben hatte das Restaurant seit letztem Jahr, dementsprechend gehoben waren die Preise, aber das war dem Zuser egal. Vor zwei Jahren hatte er seine Hannelore zum dreißigsten Hochzeitstag groß ausgeführt und war dann um fast zweihundert Euro ärmer gewesen. Bei den mittlerweile drei Hauben vom Goldenen Ochsen und mit dem immer durstigen Rudi als Begleitung anstelle seiner Hannelore, konnte man sich ausrechnen, was dem Zuser der Abend kosten würde, die Taxifahrt noch gar nicht eingerechnet.

Diese in Aussicht gestellte Einladung schien den Rudi zu freuen, denn augenblicklich griff er wieder in seinen Rucksack und brachte den Selbstgebrannten abermals zum Vorschein.

2. Kapitel

Obwohl das Wiesengrundstück an der Kurzbiegung schon in der ersten Junihälfte vom Kurzenbacher Gemeinderat mittels Mehrheitsbeschluss von Grünland in Bauland umgewidmet worden war, zog sich der Baubeginn in die Länge.

Zunächst musste eine zeitaufwendige Bauverhandlung über die Bühne gebracht werden, bei der auch die Anrainer über das geplante Bauvorhaben informiert werden mussten. Innerhalb einer gewissen Frist hatten sie die Möglichkeit Einspruch zu erheben. Zum Glück für Bürgermeister Lambert Zuser und seine Partei war der einzige wirkliche Anrainer die Katholische Kirche, die im Besitz des Nachbargrundstücks war. Grundsätzlich wurde von Seiten der Kirche grünes Licht gegeben, allerdings ließen sich die Herren in Schwarz die knapp zweihundert Quadratmeter Kirchengrund, durch die eine Zufahrtstraße geplant war, überaus fürstlich entlohnen, was dem Zuser die Zornesröte ins Gesicht trieb. „Soiche Wucherer!" kommentierte er die geistliche Geschäftstüchtigkeit, aber nach einigem Hin- und Her gab er zähneknirschend klein bei.

Es war ein gewissermaßen riskantes finanzielles Manöver, der Kirche das Grundstück für die Zufahrt abzukaufen, bevor der Vertrag für das Einkaufszentrum unterzeichnet war, doch Miroslav Antic, der geheimnisvolle Business Manager, wollte das Dokument erst unterschreiben, wenn die leidige Angelegenheit mit der Zufahrt restlos geklärt war.

Im Vertrag war vorgesehen, dass die Gemeinde Kurzenbach Besitzer der Kurzwiese bleiben sollte und für eine zweispurige Zufahrtsstraße zum Grundstück zu sorgen hatte. Miroslav Antic und seine Market Center Group würden das Grundstück zu sehr günstigen Konditionen für einen Zeitraum von zunächst zehn Jahren vermietet bekommen, mit der Auflage, innerhalb eines Jahres nach Vertragsabschluss ein maximal zweistöckiges Einkaufszentrum zu errichten, das der Nahversorgung von Kurzenbach dienen sollte und zusätzlich vornehmlich der ortsansässigen Bevölkerung Arbeitsplätze bieten sollte.

Am Montag, den 17. September 2018, also gut drei Monate nach der Umwidmung des Grundstücks durch den Gemeinderat, war es endlich soweit und Lambert Zuser in seiner Funktion als Bürgermeister von Kurzenbach und Miroslav Antic als Vertreter der Market Center Group unterzeichneten den Vertrag für die Errichtung des ersten Einkaufszentrums von Kurzenbach, ja des Kurztals überhaupt.

Für vier Tage später war der Spatenstich angesetzt, bei dem auch die Landeshauptfrau von Niederösterreich tatkräftig mitwirken sollte. Die hatte ja schon gewisse Erfahrung, mit dem Zuser beim Schaufelhalten fotografiert zu werden. Das ließ sich gut mit einem anderen Termin in Kurzenbach kombinieren, weil sie am selben Tag ja auch das Kunstwerk „Per aspera ad astra“ am Hauptplatz feierlich enthüllen sollte. Nein, in den Wochen vor einer Wahl sind Landespolitiker wahrlich nicht zu beneiden!

Wie zu erwarten, waren die Sommermonate nicht ohne politisch motivierte Störgeräusche vonstatten gegangen. Anfang Juli stand plötzlich über Nacht auf der Kurzwiese eine überdimensionale Plakatwand, die mit den Worten

„EINKAUFSZENTRUM? NEIN DANKE!“ ganz den Sprachduktus der Anti-Atombewegung der Siebzigerjahre übernommen hatte. Der Schriftzug auf der Plakatwand ähnelte inhaltlich zwar der Botschaft der Namensliste KURZENBACH NEU von Gemeindearzt Dr. Friedrich Czulak, die auf ihren Plakaten den Slogan „EINKAUFSZENTRUM, NEIN DANKE!“ verwendete, aber das Fragezeichen, das auf der riesigen Plakatwand anstelle des Kommas gesetzt wurde, ließen Bürgermeister Lambert Zuser und Gemeindesekretär Wagner andere Urheber erahnen. Die Vermutung, dass die Zuser-Tochter und die Grünen dahinter steckten, war nicht ganz von der Hand zu weisen.

Bürgermeister Zuser ließ die Plakatwand noch am selben Tag durch den örtlichen Bauhof entfernen. Zuvor hatte er bei der Bezirkspolizei Anzeige gegen Unbekannt erstattet, worauf zwei Vertreter der Exekutive mit Blaulicht nach Kurzenbach rasten, um Fingerabdrücke sicher zu stellen. Die „Übeltäter“ hatten vermutlich damit gerechnet und Handschuhe getragen, denn, wie sich kurze Zeit später herausstellte, hatten sie keinerlei Spuren hinterlassen.

„Soiche Gfraster!“, meinte ein sichtlich enttäuschter Lambert Zuser, als ihm Gemeindesekretär Wagner das Ergebnis der Spurenauswertung mitteilte. Er hatte sich schon gefreut, mit Hilfe der Polizei vielleicht einen politischen Kontrahenten überführen und medial an den Pranger stellen zu können.

Die zweite Störaktion fand genau einen Monat später, am 4. August statt. Bürgermeister Lambert Zuser war mit seiner Hannelore für ein paar Tage an den Wolfgangsee gefahren, als ihn Samstagmittag ein aufgeregter und gleichzeitig aufgelöster Gemeindesekretär am Handy anrief.

„Herr Bürgermeister, es ist schon wieder etwas Unerhörtes passiert!“, ließ die Stimme von Franz Wagner Schlimmes befürchten.

„Beruhig di, Franz, wås is ’n geschehn?“ Die drei Tage Urlaub im Salzkammergut schienen Lambert Zuser, der für seine Wutausbrüche ja allgemein bekannt war, gut getan zu haben, denn seine Stimme wirkte in der Tat beruhigend auf den Gemeindesekretär, der stundenlang verzweifelt überlegt hatte, ob er seinen Chef im Urlaub stören durfte, sollte oder gar musste.

Mit stotternder Stimme erzählte der Gemeindesekretär von einem Flugblatt, das in der Nacht von Freitag auf Samstag in alle Briefkästen von Kurzenbach und die Katastralgemeinden Hasendorf, Mallerbach und Pichling geflattert war:

DIESER BÜRGERMEISTER IST UNTRAGBAR!
(NICHT NUR WEGEN SEINES GEWICHTS)

BÜRGERBETEILIGUNG
STATT
ALLEINHERRSCHAFT!

ABWAHL
STATT
WIEDERWAHL!

Vor allem der Satz in Klammer kam dem Gemeindesekretär nur ganz schwer über die Lippen. Das war schon eine Unverschämtheit und unter der Gürtellinie, eine bodenlose Frechheit war das! Und natürlich hatte der Verfasser dieses Flugblattes nicht die Courage, sich namentlich zu erkennen zu geben. Die Art und Weise, wie diese böswillige Botschaft verbreitet wurde, erinnerte sehr stark an das Flugblatt vor nicht ganz einem Jahr, das zum Verzehr von Bibern aufforderte.

Nachdem der nicht zu beneidende Gemeindesekretär den Bürgermeister von Kurzenbach vorsichtig über den Inhalt des Schreibens in Kenntnis gesetzt hatte, war es für ein paar Sekunden ganz ruhig in der Leitung, ehe der Zuser zu einem Gebrüll ungeahnter Lautstärke ansetzte …

Gemeindesekretär Franz Wagner, der nach Entdecken des Flugblattes nach reiflicher, stundenlanger Überlegung ins Rathaus gefahren war, um von dort anzurufen, hielt den Telefonhörer wohlweislich weit weg von seinem Ohr, schließlich kannte er seinen Vorgesetzten und dessen Wutausbrüche nur zu gut.

Nach ungefähr zwei Minuten hatte sich der Bürgermeister wieder soweit im Griff, dass er dem Gemeindesekretär in normaler Lautstärke mitteilen konnte, dass seine Hannelore und er ohnehin geplant hatten, nach dem Mittagessen die Heimreise anzutreten. Er, der Zuser, würde den Wagner unmittelbar nach seiner Rückkehr am Handy anrufen, das würde nicht vor fünf Uhr nachmittags sein, um sich im Gemeindeamt zu treffen. Bis dahin sollte sich der Wagner noch einen schönen Tag machen!

Mit alten Traditionen sollte man nicht brechen und so ließ der Gemeindesekretär dem Wutanfall seines Chefs den obligaten Versöhnungsschnaps folgen, verdientermaßen gleich einen doppelten …

3. Kapitel

Wie nicht anders zu erwarten, hatte niemand in ganz Kurzenbach auch nur irgendetwas mitbekommen, wer dieses schändliche Flugblatt in Umlauf gebracht haben könnte. Der Übeltäter musste sehr professionell vorgegangen sein, andererseits war Kurzenbach selbst am Wochenende in der Nacht so gut wie ausgestorben. Mit Ausnahme einiger weniger, die zu später Stunde aus Wegendorf oder der Bezirkshauptstadt heimkehrten, war niemand auf den Straßen. Und ob diese wenigen Nachteulen noch viel mitbekamen, war mehr als fraglich …

Der Zuser hatte Gemeindearzt Dr. Friedrich Czulak im Verdacht, weil der ihn schon des Öfteren wegen seiner Körperfülle verbal attackiert hatte. Dem Bürgermeister von Kurzenbach klang die Stimme des polternden Gemeindearztes immer noch im Ohr, als ihn dieser, wütend gegen die Zusersche Haustür tretend, lautstark als die fetteste Made im Speck beschimpfte.

Aber beweisen konnte er natürlich gar nichts. Ebenso gut konnte der rote Weber hinter der Aktion stecken oder seine leibliche Tochter. Oder irgendjemand ganz anderer, der einfach nur Spaß daran hatte, Öl ins politische Feuer zu gießen.

Dieser Verdacht schien sich zu erhärten, als am Dienstag, den 4. September, also zum dritten Mal hintereinander an einem Monatsvierten, die nächste gezielte Aktion gegen Bürgermeister Lambert Zuser lanciert wurde.

Auf beiden Seiten jener Kurzbrücke, die dem geplanten Einkaufszentrum am nächsten gelegen war, hingen riesige

Transparente mit der Aufschrift „MIT DEM ZUSER UND SEINER PARTEI GEHT ’S DEN (KURZEN-)BACH HINUNTER!“, und im Fluss trieben mehrere hundert schwarze Gummientchen, von denen jedes einzelne mit fünf weißen Buchstaben bedruckt war: Z U S E R.

Das konnte nur ein Verrückter gewesen sein, denn so eine Aktion kostete ja auch Geld. Hunderte schwarze Gummientchen bekam man ja nicht einfach so in einem Spielwarengeschäft zu kaufen. Die mussten extra produziert werden, noch dazu wo sie ja mit einem ganz speziellen Aufdruck versehen waren. Da steckte bestimmt wer ganz Gefinkelter dahinter!

Ein wenig mutete das schon wie Psychoterror an, dem der arme Zuser da ausgesetzt war. Irgendjemand wollte ihn um jeden Preis lächerlich machen, wollte mit allen Mitteln verhindern, dass er am 14. Oktober als Bürgermeister wiedergewählt wurde. Man war in Kurzenbach schon gespannt, was dieser Wahnsinnige für 4. Oktober wohl aushecken würde …

Davor zitterte auch Lambert Zuser schon ein wenig, aber zuvor galt es noch, den 21. September mit Spatenstich und Enthüllung der Tonskulptur gut über die Runden zu bringen. Wenn da in Anwesenheit der Landeshauptfrau auch nur irgendetwas Unvorhergesehenes passierte, dann konnte der Zuser mit Sicherheit gleich seinen Bürgermeistersessel räumen …

Der übermorgige Freitag lag dem Zuser schwer im Magen. Da halfen auch die drei Stamperl Schnaps nicht, die ihm sein Anglerfreund Rudi Wasitzky bereits kredenzt hatte, während sie an ihrem Lieblingsplatz an der Kurz auf guten Fang hofften. Längst schon waren ihm Zweifel gekommen, ob das mit dem Einkaufszentrum wirklich eine gute Idee gewesen war. Er hätte sich jedenfalls eine Menge Ärger ersparen können.

„Des schåff ma scho, Bertl!“, übte sich der Rudi in Zweckoptimismus. „Wirst segn, am Freitag wiad si kana wås trauen! De Kiwara wern scho fia Zucht und Ordnung sorgn, dafia sans jå då!“

„Dein Wort in Gottes Ohren!“, war sich der Angesprochene jedoch nicht sicher, ob er seinem Freund wirklich Glauben schenken durfte.

4. Kapitel

Der übermorgige Freitag lag Anna-Lena Wajgl gar nicht schwer im Magen. Im Gegenteil, sie freute sich schon riesig darauf. Endlich würde ihre jahrelange Arbeit Früchte tragen. Der kommende Freitag würde die Krönung ihrer künstlerischen Tätigkeit werden, da war sie sich ganz sicher.

Mittlerweile kannten sie fast alle im Ort. Seit Anfang September die Wahlwerbung so richtig begonnen hatte, schmückte ihr Konterfeit zahlreiche Plakatständer in Kurzenbach. Aber nicht nur als angehende Politikerin stand sie im Rampenlicht, auch als Künstlerin wurde sie mehrfach vor den Vorhang gebeten. Der Kurztalbote brachte vor zwei Tagen ein Porträt und die beigelegte Landzeitung interviewte sie über das Kunstwerk „Per aspera ad astra“. Anna-Lena Wajgl wurde als Paradebeispiel angeführt für die vielen Künstlerinnen und Künstler, die aus anderen Ländern und Bundesländern nach Niederösterreich gezogen waren, um hier Karriere zu machen. „NIEDERÖSTERREICH – EIN GUTER BODEN“ titelte das Interview mit der bekannten Kurzenbacher Künstlerin.

Und was Anna-Lena Wajgl besonders freute, war, dass sich für Freitag auch das Niederösterreichische Fernsehen angesagt hatte. Das stand natürlich in erster Linie in Zusammenhang mit der Anwesenheit der Landeshauptfrau, aber die hätte ihr Kommen ja nicht zugesagt, wenn nicht die Tonskulptur zur Enthüllung angestanden wäre. So gesehen erwartete sich Anna-Lena Wajgl schon, dass nicht nur die

Landesmutter landesweit im Fernsehen zu bewundern sein würde.

Das Einzige, das ihr noch Kopfzerbrechen bereitete, war die Frage, was sie am Freitag bloß anziehen sollte?

Für elf Uhr war der Spatenstich für das Einkaufszentrum angesetzt, bei dem sie als angehende Kommunalpolitikerin selbstverständlich anwesend sein musste. Da galt es, sich volksnah zu geben. Vielleicht ein Dirndl? Anna-Lena Wajgl besaß ein schmuckes Exemplar aus dem Salzburger Pinzgau, das sie schon mindestens zehn Jahre nicht getragen hatte. Hoffentlich war es ihr nicht zu eng geworden, sonst müsste sie noch schnell die Freundin der Hannelore Zuser, die ja Schneiderin war, aufsuchen.

Am Nachmittag, wenn sie als moderne Künstlerin im Rampenlicht stehen würde, war ein Dirndl natürlich völlig fehl am Platz. Aber da sie ja direkt am Hauptplatz wohnte, konnte sie sich schon einmal für eine halbe Stunde aus der Gefolgschaft der Landeshauptfrau verabschieden, um sich in eine andere, eine dem Anlass angemessene Schale zu werfen. Das würde bestimmt niemandem auffallen, wenn sie da mal kurz weg war.

Wenn das Wetter schön war, und die Wettervorhersage ließ sich ganz gut an, dann plante sie, ihr neuestes Kleidungsstück auszuführen, das sie erst vor ein paar Wochen in Italien gekauft hatte – ein sehr kurzes Kleid, das ihre schönen, braungebrannten Beine voll zur Geltung bringen würde, passenderweise in den niederösterreichischen Landesfarben blau und gelb. Damit würde sie bei der Landesmutter sicher einen bleibenden Eindruck hinterlassen!

Und ihre Frisur würde sie über Mittag auch verändern. Am Vormittag hatte sie geplant, die Haare zu einem Dutt hinauf zu stecken und am Nachmittag würde sie ihr langes, blondes Haar offen tragen, so, wie sie sich selbst am besten gefiel.

Anna-Lena Wajgl war mit ihren Gedanken so sehr beim kommenden Freitag, dass sie es zuerst gar nicht bemerkte, wie es an der Tür läutete. Erst als die Glocke schon wieder verstummt war, schrak sie zusammen. Mittwochabend – wer konnte das sein?

Sie erhob sich langsam vom Sofa, ging in den Vorraum und lugte durch den Türspion. Eigenartig, da war niemand zu sehen. Ungläubig schüttelte sie den Kopf. Hatte sie sich das Läuten etwa nur eingebildet?

Sie ging zurück ins Wohnzimmer, nahm ein Weinglas aus dem Schrank und schenkte sich einen Schluck Hammerer-Zweigelt ein. „In dieser Gegend wird man unweigerlich zum Alkoholiker!", dachte sie und genoss den exquisiten Rotwein. Das Leben meinte es schon gut mit ihr.

Plötzlich war ihr, als läutete es abermals an der Tür. Anna-Lena Wajgl sprang auf und eilte in den Vorraum. Diesmal verzichtete sie auf einen Blick durch den Türspion, drehte stattdessen den Schlüssel zwei Mal um, drückte die Türklinke nach unten und öffnete die Tür.

„Tu sei l'unica donna per me!" stand da auf einem kitschig verzierten Lebkuchenherz, das aus einem riesigen Strauß roter Rosen herausragte.

Anna-Lena Wajgl erstarrte. Kein Wunder, dass sie vorhin beim Blick durch den Türspion nichts gesehen hatte. Die Vase mit den Blumen war gerade einmal einen halben Meter hoch und stand direkt vor der Eingangstür.

„Tu sei l'unica donna per me!" Dieser Arsch! Von wegen „Du bist die einzige Frau für mich!" Vor drei Jahren hatte er sie über Nacht wegen einer Jüngeren verlassen, ohne sich jemals wieder zu melden. Und jetzt, wo sie kurz vorm Höhepunkt ihrer künstlerischen Karriere stand, tauchte dieser Papagallo wieder auf und störte ihren Seelenfrieden. Dieser Paolo konnte sich seine Rosen samt Lebkuchenherz weiß Gott wohin stecken!

Anna-Lena Wajgl war fuchsteufelswild und hätte die Tür am liebsten sofort wieder zugeschlagen. Aber blöderweise wohnte sie ja direkt am Hauptplatz von Kurzenbach und wenn da jemand im Dorf mitbekam, dass sie einen Strauß roter Rosen vor der Haustür stehen hatte, dann war das logischerweise ein Fressen für die Gerüchteküche. Man weiß ja, wie das so ist in diesen kleinen Dörfern, wo jeder jeden kennt. So etwas konnte sie nicht brauchen. Schon gar nicht so kurz vor so einem wichtigen Tag! So ein Dorftratsch ist ja schlimmer als die Pest! Der wuchert ärger als ein Krebsgeschwür!

Wütend schnappte sie die Vase mit den roten Rosen und dem kitschigen Lebkuchenherz und knallte sie dermaßen heftig auf den Steinboden im Vorraum, dass sie um ein Haar zerbrochen wäre. Dann versperrte sie die Tür, ging zurück ins Wohnzimmer und schenkte sich Rotwein nach. Dieser Abend war ohnehin gelaufen!

Anna-Lena Wajgl nahm das Glas, setzte es an die Lippen und trank es in einem Zug aus. Sie hätte laut losbrüllen können, so zornig war sie. Was bildete sich dieser Arsch eigentlich ein? Drei Jahre absolute Funkstille und dann das! Am liebsten hätte sie jeder Rose einzeln den Kopf abgerissen. Aber die konnten ja auch nichts dafür! Und das Lebkuchenherz hätte sie am liebsten mit einem Hammer zertrümmert. „Tu sei l'unica donna per me!" Die größte aller italienischen Lügen!

„Verzeih mir! Ich liebe Dich, Dein Paolo!" hatte er samt seiner Telefonnummer auf einen Zettel gekritzelt, den er dilettantisch mit Klebeband auf der Rückseite des Lebkuchenherzes befestigt hatte. Anna-Lena Wajgl zitterte am ganzen Körper. Wenn er diese Liebesbekundung direkt vor ihrer Haustür platziert hatte, dann bedeutete das auch, dass er ganz in ihrer Nähe sein musste. Und wenn er schon die weite Reise von Salzburg oder wo auch immer er gerade lebte nach Kurzenbach auf sich genommen hatte, dann war klar, dass er sich nicht mit dem bloßen Vorbeibringen eines Rosenstraußes und eines Lebkuchenherzes begnügen würde.

Anna-Lena Wajgl ließ sich erschöpft aufs Sofa fallen und schenkte sich ein weiteres Glas Hammerer-Zweigelt ein. Warum musste dieser Typ ausgerechnet jetzt auftauchen?

5. Kapitel

Ein wenig gewundert hatte sie sich schon, die Susanne Zuser, als sie da vor ein paar Minuten am Hauptplatz von Kurzenbach einem braungebrannten Typen mit schwarzen Locken und einem riesigen Strauß roter Rosen begegnet war. „Aha", dachte sie, „jetzt sind die Rosenverkäufer auch schon in Kurzenbach angekommen!" Von Wien war sie das ja gewohnt, da konnte es vorkommen, dass man an einem Abend in ein und demselben Lokal von fünf verschiedenen Blumenverkäufern angequatscht wurde, aber hier in Kurzenbach hatte sie noch nie einen gesehen. Wahrscheinlich wollte er ins Café Weber. „Naja, viel Geschäft wird er in Kurzenbach nicht machen!" Sie empfand Mitleid mit dem feschen Südländer und überlegte sogar kurz, ihm ein paar Rosen abzukaufen. Die würden sich bestimmt nicht schlecht machen auf ihrem Küchentisch!

Mitte September und der Ort war wie ausgestorben. Susi Zuser hatte schon ein wenig Angst vor dem herannahenden Winter. Kurzenbach war ja nicht gerade bekannt dafür, dass hier der Bär steppte. So allein in einem kleinen Häuschen, da konnte einem schon die Decke auf den Kopf fallen. Aber davor kam zum Glück noch der Herbst. Ein heißer Herbst, wie alle hier im Dorf angesichts der bevorstehenden Gemeinderatswahl munkelten.

Susi Zuser freute sich auf übermorgen. Da würde endlich einmal was los sein in Kurzenbach. Dem Spatenstich für das Einkaufszentrum würde sie, wie auch ihre grünen Parteifreunde, geschlossen fernbleiben. Auch die Roten unter

Reinhold Weber und die Namensliste „KURZENBACH NEU“ unter Gemeindearzt Friedrich Czulak hatten sich für diese Art von Protest ausgesprochen. In persönlichen Gesprächen versuchten sie, möglichst viele Kurzenbacherinnen und Kurzenbacher zu überzeugen, es ihnen gleichzutun.

Am Nachmittag hingegen wollte man versuchen, möglichst viele Dorfbewohnerinnen und Dorfbewohner auf den Hauptplatz zu bekommen. Der Weber hatte Freibier versprochen, und außerdem würde es Wein und belegte Brötchen geben, die von der Kulturabteilung des Landes Niederösterreich gesponsert wurden. Na, wenn das kein Anreiz war, sich einen gemütlichen Freitagnachmittag in Kurzenbach zu gönnen?

Natürlich wurde in Kurzenbach auch der vormittägliche Spatenstich für das Einkaufszentrum mit kulinarischen Gaumenfreunden schmackhaft gemacht. Die Plakate versprachen ebenfalls Freibier, dazu Grillkotelette, Bratwürstel und hausgemachte Mehlspeisen. Letztere wurden von den Politikerfrauen in generalstabsmäßiger Abstimmung und mit viel Wetteifer und Eifersüchteleien gebacken – Sachertorte, Gugelhupf, Malakofftorte, Nussstrudel und nicht zu vergessen Nutellaschnitte anstelle der äußerst beliebten, aber politisch leider nicht mehr korrekten Negerschnitte.

Außerdem hatte Bürgermeister Zuser den Hammerer überredet, seine exquisiten Hammerweine gratis auszuschenken – als kleines Dankeschön für die Umwidmung seines Kellergrundstücks in Bauland. Ja, am Land wäscht wirklich noch eine Hand die andere. Und für die Bevölkerung bedeutete das einen Tag wie im Schlaraffenland!

Manche rückten bei solchen Anlässen gleich mit ihrem Plastikgeschirr an. Ein Bratwürstel für die Mama, die krank war und so gerne gekommen wäre, ein Kotelette für den Opa, der bettlägerig war, ein Stück Torte für die Oma, die nicht mehr außer Haus ging, aber immer brav die Partei gewählt hat. Die Fantasie kannte an solchen Tagen keine Grenzen. Eat and drink as much you can!

6. Kapitel

19 Uhr 22. Paolo Andreotti saß am Balkon seines Gästezimmers in der Pension Pichler in Mallerbach. In ganz Kurzenbach war kein Zimmer für fünf Nächte zu bekommen. Die wenigen Vermieter, die es gab, waren allesamt ab Freitag ausgebucht. So musste er mit einem bescheidenen Quartier in der idyllischen Katastralgemeinde Mallerbach Vorlieb nehmen. Idyllisch? Dass er nicht lachte! Ein ziemliches Kaff war das, fand er, nicht einmal ein Wirtshaus gab es. Die einzige Möglichkeit, hier ein Abendessen zu bekommen, bestand in einem Besuch der Weinschenke Rosi, die den Sommer über von Mittwoch bis Freitag geöffnet hatte. Und die Weinschenke Rosi hatte auch schon rosigere Zeiten gesehen.

Der braungebräunte Italiener mit den schwarzen Locken hoffte auf einen Anruf seiner Verflossenen, aber sein Handy blieb still. Kurz nach achtzehn Uhr hatte er die Vase mit den fünfundzwanzig überteuerten roten Rosen vor der Eingangstür des Hauses von Anna-Lena Wajgl platziert, und sie hatte sich immer noch nicht gemeldet. Es war zum Haare raufen, denn insgeheim hatte er damit gerechnet, dass sie ihn sofort anrufen würde, sobald sie die Rosen entdeckt hatte.

Natürlich, die feine englische Art war es nicht, dass er sie damals sitzen hat lassen, als sie gemeinsam den Töpferladen am Hauptplatz von Kurzenbach aufbauen wollten, aber andererseits: „Alte Liebe rostet nicht!" Und wie er herausgefunden hatte, war Anna-Lena Wajgl ja noch immer Single, daher rechnete sich der gute Paolo gute Chancen aus, die gute Anna-Lena zurückzuerobern. Paolo Andreotti kannte die Frauen und er kannte sich. Er wusste, wie unwiderstehlich er war.

Da war es schon ein Schock für ihn und eine Verletzung und gleichzeitige Beleidigung für sein Ego, als ihn seine langjährige Geliebte Isabella vor vier Wochen plötzlich vor die Tür gesetzt hatte. So etwas war dem guten Paolo noch nie passiert. Er war es gewohnt, von sich aus Beziehungen von einem Tag auf den anderen zu beenden. Dass so etwas einmal umgekehrt passieren konnte, war für ihn bis zu diesem denkwürdigen Tag unvorstellbar gewesen.

19 Uhr 54. Noch immer kein Anruf von Anna-Lena Wajgl. Paolo Andreotti wurde allmählich wütend. Außerdem war er hungrig. In seiner Wunschvorstellung hatte ihn seine Verflossene vor über einer Stunde schon angerufen, und er hatte sie zu einem romantischen Abendessen eingeladen. Nur hatte sie sich noch nicht gemeldet, und wo man in diesem Kaff romantisch Abendessen konnte, war ihm auch ein Rätsel.

Ursprünglich wollte er ihr die Rosen persönlich überreichen, aber im letzten Moment hatte er kalte Füße bekommen. So ganz sicher war er sich anscheinend doch nicht, dass ihm Anna-Lena Wajgl, nach all dem was passiert war, freudestrahlend und allesvergebend um den Hals fallen würde. Die Sache mit seiner Isabella, vor allem die Art und Weise, wie sie ihn abserviert hatte, kratzte doch mehr an seinem Ego, als er sich eingestehen wollte. Eine weitere Demütigung konnte er nicht gebrauchen. Warum bloß meldete sich Anna-Lena Wajgl nicht?

Paolo Andreotti hasste Kurzenbach. Er hatte es schon damals gehasst, als ihm seine Anna-Lena das Paradies verheißen und dann dieses Kaff gezeigt hatte. Er war nun einmal ein Großstädter. In Rom geboren und aufgewachsen, war für ihn Salzburg schon hart an der Grenze zur Provinz, aber immerhin noch erträglich, vom Wetter einmal abgesehen. Bei den vielen internationalen Touristen hatte er zumindest das Gefühl, in einer Großstadt zu leben, auch wenn Salzburg weit davon entfernt war.

In Kurzenbach wollte er nicht einmal begraben sein. Wobei, hier hatte man ja ohnehin ständig den Eindruck, schon lebendig begraben zu sein. Sein nicht uneigennütziger Plan war, Anna-Lena Wajgl zurück nach Salzburg zu holen. Er wollte sie hier nicht versauern lassen. Aber wenn sie nicht anrief, selbst schuld, die blöde Kuh!

Paolo Andreotti saß mittlerweile in der Weinschenke Rosi und zog eine säuerliche Miene. Er hatte soeben Rosi's Rotwein gekostet. So etwas leerte man sich in Italien nicht einmal über den Salat. Unglaublich, wie sauer dieses Zeug schmeckte! Blöderweise hatte er sich gleich einen halben Liter davon bestellt. Und die Brettljause, die ihm die Rosi höchstpersönlich kredenzte – kein Wunder, er war der einzige Gast im ganzen Lokal – riss ihn auch nicht vom Hocker. Am schlimmsten jedoch war, dass sie an seinem Tisch Platz genommen hatte und ihn volllaberte. Ja, so ein fescher Kerl hatte sich schon lange nicht in die Weinschenke Rosi verirrt! So einen musste man besonders betreuen, damit er sich nur ja wohl fühlte und wiederkam!

Der Rotwein von der Rosi war wirklich gemeingefährlich, ein richtiger „Heckenklescher", wie man in dieser Gegend zu solchen Weinen zu sagen pflegte, aber er war das einzige, das die Avancen der Frau Rosi etwas erträglicher machte.

Paolo Andreotti staunte. Da wurde er doch tatsächlich von der Wirtin höchstpersönlich angemacht. Was die nicht alles von ihm wissen wollte! Und was sie ihm nicht alles aus ihrem ereignisreichen Leben erzählte! Und ständig rückte sie ein Stück näher. Schon drei Mal war sie ihm mit ihrer runzligen Hand durch seine schwarzen Locken gefahren. Und einmal hatte sie ihm sogar schon auf den Oberschenkel gegriffen. Der gute Paolo fühlte sich ganz schön bedrängt. Me too einmal anders rum. Inständig hoffte er, dass sich die Tür öffnete und Gäste kamen. Er fand die Wirtin nämlich weit weniger attraktiv als sie ihn.

Längst schon hatte die Frau Rosi dem armen Paolo einen halben Liter Rotwein aufs Haus spendiert. Es gefiel ihr, dass ihrem edlen Gast der Wein scheinbar so gut schmeckte. Dabei wurde der Wein aus Mallerbach vor allem von den Kurzenbachern immer sehr abwertend kommentiert. Naja, der Neid! Wenn dann einmal ein unvoreingenommener Gast kam, dann konnte man ja sehen, was man von deren Urteil halten konnte.

Paolo Andreotti verdrehte schon ein wenig die Augen. Er war den Alkohol doch nicht so gewohnt, vor allem nicht so einen. Bestimmt lallte er schon, aber da er ohnehin kaum zu Wort kam, fiel es gar nicht auf. Dieses verfluchte Kurzenbach! Diese verdammte Anna-Lena Wajgl! Heute büßte er seinen Sünden wahrlich ab …

7. Kapitel

„Taramtatam ..." Pünktlich um zehn Uhr Vormittag setzten die Instrumente der Dorfkapelle Kurzenbach ein. Vor wenigen Minuten war der hohe Gast aus der Landeshauptstadt eingetroffen, alles konnte wie geplant beginnen.

Bürgermeister Lambert Zuser hatte sich in seinen Feiertagsanzug gezwängt, wohl fühlte er sich bei Gott nicht, aber heute gab es kein Entrinnen. Wenn die Landeshauptfrau schon einmal nach Kurzenbach kam, dann musste man auch seine Opfer bringen. Auf schönes Wetter hatten alle gehofft, aber dass es an einem 21. September um zehn Uhr Vormittag schon 25 Grad haben musste, hatte keiner verlangt. Die Sonne knallte auf die Kurzwiese und Lambert Zuser schwitzte wie in einer Sauna. Kleine Schweißbächlein bahnten sich ihren Weg von der Stirn über das Gesicht geradewegs in sein Anzugshemd. Der allerorts beklagte Klimawandel machte auch vor Kurzenbach nicht halt.

Ungefähr hundert Gäste hatten sich zum Spatenstich für das erste Einkaufszentrum im Kurztal eingefunden. Das war jetzt nicht übermäßig viel, aber zumindest war es nicht so peinlich, dass man sich vor der Landeshauptfrau hätte schämen müssen. Man konnte ja nicht erwarten, dass sich wer dafür extra einen Urlaubstag nahm, auch wenn es ein historischer Tag für Kurzenbach war. Daher setzte sich das Publikum auch hauptsächlich aus Pensionisten, Hausfrauen, Politikern, Weinhauern und Arbeitslosen zusammen. Aber immerhin, alle Sessel waren besetzt, in der ersten Reihe die Ehrengäste, allen voran die Landeshauptfrau, flankiert vom Bezirkshauptmann und von Wahlkampfmanager Fritz Hauser. Auch ganz vorne zu finden Bürgermeister Lambert Zuser, Vizebürgermeister Helmut Hasner, die künftige Kommunalpolitikerin Anna-Lena Wajgl, das blaue Urgestein Rudi Wasitzky sowie drei Vertreter der Market Center Group. Neben Miroslav Antic, der den Deal eingefädelt hatte, saß der oberste Boss der Gruppe, Rebe Matic, und daneben der PR-Manager der Market Center Group, Radovan Markovic. Rein optisch hätte man auf Drillinge schließen können. Die gleichen Anzüge, die gleiche Frisur, sprich dunkles, zurückgegeltes Haar, und die gleichen Sonnenbrillen.

Vorne am Rednerpult blätterte Gemeindesekretär Franz Wagner in seinen Unterlagen. Einmal mehr war er dazu auserkoren worden, durch das Programm zu führen. Allzu schwierig sollte das diesmal nicht werden. Als erster Redner der Zuser, dann der Bezirkshauptmann, dann dieser schmierige Typ von der Market Center Group und zum Abschluss die Landeshauptfrau. Zwischen den einzelnen Reden jeweils ein Musikstück und zum Schluss die Landeshymne, ebenfalls dargebracht von der Dorfkapelle Kurzenbach. Dazu sollten sich alle Gäste von ihren Plätzen erheben. Ob das dem alten Hasner noch gelingen würde, war mehr als fraglich. Der war schon beim dritten Achterl angelangt und dabei hatte der Zauber noch nicht einmal begonnen …

Auch die Exekutive war schlagkräftig vertreten. Aus der Bezirkshauptstadt waren neun Mann und eine Frau angerückt. Der Spatenstich von Kurzenbach war als Hochrisikoveranstaltung eingestuft worden. Vermutlich umsonst, dachte Gemeindesekretär Franz Wagner, denn er konnte keinerlei verdächtige Personen im Publikum ausmachen. Die Gegner des Einkaufszentrums schienen dem Spatenstich geschlossen fernzubleiben.

„So eine Affenhitze!", fluchte die Landeshauptfrau unhörbar vor sich hin. „Und diese Deppen schaffen es nicht einmal, ein paar Sonnenschirme aufzustellen!" Ihre Bluse klebte am ganzen Körper und sie spürte, dass ihr Makeup nicht mehr lange halten würde. „Hauser", raunte sie ihrem Sitznachbarn ins Ohr, als die Dorfkapelle Kurzenbach ihr erstes Musikstück beendet hatte, „organisieren Sie mir für Mittag ein Zimmer, in dem ich mich duschen und umziehen kann!" Für solche Fälle war sie gerüstet. In ihrem Dienstwagen hatte sie immer einen Koffer mit Ersatzkleidung dabei, in den sie auch diverse Schminkaccessoires gepackt hatte. „Und wenn ich Zimmer sage, meine ich auch Zimmer und keinen Heustadel!", fügte sie mit Nachdruck hinzu.

„Sehr geehrte Landeshauptfrau, geschätzter Herr Bezirkshauptmann, verehrter Herr Matic, lieber Herr Bürgermeister, geschätzte Gemeinderäte, werte Gäste, ich darf Sie als Gemeindesekretär dieser wunderschönen Gemeinde im Kurztal hier in Kurzenbach sehr herzlich begrüßen. Hier wird heute Geschichte geschrieben! Dieser Tag wird in die Annalen eingehen! Unsere altbewährte Dorfkapelle Kurzenbach hat uns schon eingestimmt auf dieses große Ereignis und nun bitte ich den Bürgermeister von Kurzenbach, Herrn Lambert Zuser, um seine einleitenden Worte!"

Tosender Applaus setzte ein, während sich der Zuser behäbig von seinem Sessel erhob, mit erhobenen Händen ins Publikum grüßte und zum Rednerpult trottete. Im

Augenwinkel hatte er mitbekommen, dass der Hasner schon vor der ersten Rede eingeschlafen war. Sein Kinn war ihm auf die Brust gesunken, vermutlich sabberte er auch schon. Was für eine Schnapsidee, diesen alten Säufer in die erste Reihe zu setzen! Dem Herrn Franz würde er nachher die Leviten lesen müssen, das stand fest.

„Sehr geehrte Landeshauptfrau, geschätzter Herr Bezirkshauptmann, verehrter Herr Matic, geschätzte Gemeinderäte, werte Gäste, ich darf Sie als Bürgermeister dieser wunderschönen Gemeinde im Kurztal sehr herzlich hier in Kurzenbach begrüßen. Hier wird heute Geschichte geschrieben! Dieser Tag wird in die Annalen eingehen!" Naja, besonders angestrengt hatte sich der Gemeindesekretär bei der Rede für seinen Vorgesetzten nicht. Das fiel auch dem Zuser auf, dass er diese Worte vor wenigen Minuten schon einmal gehört hatte. „Dem Fraunz reiß i den Schädl å'!", zuckte es durch das Zusersche Gehirn, ehe er fortfuhr.

„Ich habe heute hier die große Ehre, gemeinsam mit unserer sehr verehrten und hoch geschätzten Landeshauptfrau von Niederösterreich und dem General Manager der Market Center Group, Herrn Rebe Matic, den Spatenstich für das erste Einkaufszentrum von Kurzenbach, nein, des gesamten Kurztals überhaupt, vorzunehmen. Das bedeutet einen großen Meilenstein für unsere wunderschöne Gemeinde, denn in absehbarer Zeit wird Kurzenbach wieder über eine Nahversorgung verfügen und wir müssen nicht mehr nach Wegendorf oder in die Bezirkshauptstadt fahren, um einkaufen zu können. Unsere Devise lautet: Fahr nicht fort, kauf im Ort!"

Blablabla. Die Landeshauptfrau konnte das alles schon nicht mehr hören. Sie hatte das Gefühl, dass es da eine eigene App gab, wo alle Bürgermeister von Niederösterreich ihre Reden herunterluden. Zumindest erzählten sie alle denselben Schwachsinn! Hoffentlich würde dieser Zuser nicht die Langversion zum Besten geben. Sie kannte diese Typen schon zur Genüge, die sich am liebsten selbst reden hörten. „Das wird noch ein anstrengender Tag!", seufzte die Landesmutter in sich hinein und fächelte sich mit dem Programmfolder ein wenig Abkühlung zu.

Umweltschutz. Arbeitsplätze. Anna-Lena Wajgl bekam von der Bürgermeister-Rede nur ein paar Schlagworte mit. Sie war mit ihren Gedanken schon mehr beim Nachmittag. Auf die vormittägliche Pflicht würde die Kür folgen. Anna-Lena Wajgl wirkte entspannt. Seit sie gestern Abend im Café Weber zufällig am Nachbartisch mitbekommen hatte, dass da ein Italiener nach nur einer Nacht Aufenthalt Hals über Kopf aus Mallerbach getürmt war, ohne zu bezahlen, schien ihre Welt wieder im Lot zu sein. Der Mittwochabend war schon ein großer Schock für sie gewesen. Um auf Nummer sicher zu gehen, hatte sie in der Pension Pichler angerufen und nachgefragt. Und die Waltraud Pichler hatte ihr des Langen und Breiten ihr Leid geklagt, dass der Gast bis Montag gebucht hatte, aber gestern Vormittag schon abgereist war. Sie konnte das überhaupt nicht verstehen. Eine Frechheit sondergleichen war das! Wo sie doch die schönsten Fremdenzimmer von ganz Mallerbach hatte! Sein Frühstück hatte er verweigert und nur schwarzen Kaffee getrunken. Und ziemlich blass hatte er ausgesehen. Trotz seines südländischen Teints. Die Waltraud Pichler hatte keine Ahnung, was ihm in der Nacht davor widerfahren war. Er wollte ja nur in die „Weinschenke Rosi“ Abendessen gehen ...

Der abermals aufbrandende Applaus riss Anna-Lena Wajgl aus ihren Gedanken. Zumindest die Bürgermeister-Rede war einmal überstanden. Augenblicklich hatte die Dorfkapelle Kurzenbach wieder Aufstellung genommen und schickte sich an, „Kein schöner Land“ zum Besten zu geben.

Der nächste Festredner war Bezirkshauptmann Ing. Emmerich Wanzenböck, ein groß gewachsener, korpulenter Mittfünfziger, der seit drei Jahren dieses Amt ausübte. Er unterstrich in seinen Ausführungen die Bedeutung von Kurzenbach für die Region und bezeichnete den Ort als liebliches Dornröschen des Kurztals, das durch dieses Einkaufszentrum gleichsam wachgeküsst werden würde.

Die Landeshauptfrau verdrehte die Augen. Sie hatte nicht das Gefühl, dass dieses Kaff durch irgendetwas wachgeküsst werden konnte. Dieser Bürgermeister schien ihr nicht der innovativste zu sein. Und die hellste Kerze am Baum war er mit Sicherheit auch nicht. Wie der das mit dem Einkaufszentrum hinbekommen hatte, war ihr ein ziemliches Rätsel. Wohl ein klassischer Fall von Bauernschläue!

„Sehr geehrte Frau Landeshauptmann, sehr geehrter Herr Bezirksobmann, sehr geehrter Herr Bürgermeister, sehr geehrte Gemeinderäte, sehr geehrtes Publikum!“ Rebe Matic hatte das Rednerpult erklommen und erhob mit tiefer Stimme nahezu akzentfrei das Wort. Auch sein Ghostwriter hatte die Rede nicht perfekt vorbereitet, denn innerhalb weniger Sekunden verzogen sowohl die Landeshauptfrau, als auch der Bezirkshauptmann ihre Mundwinkel synchron nach unten.

„Ich darf Ihnen als General Manager der international tätigen und sehr erfolgreichen Market Center Group sehr herzlich zu diesem Einkaufszentrum und zu diesem Bürgermeister gratulieren. Ohne seinen Weitblick würden wir hier heute nicht versammelt sein …"

Lambert Zuser meinte, sich verhört zu haben. Auch die Landeshauptfrau blickte ungläubig auf. Der dubiose General Manager hatte ihren Gedanken eindeutig widersprochen. Dieser Bürgermeister und Weitblick? Das ging für sie nicht ganz zusammen.

„… denn für die Market Center Group ist das Kurztal eine aufstrebende Region und Kurzenbach ein guter Boden, um eine derartige Investition zu tätigen. Wir freuen uns mit Ihnen und sind stolz, mit diesem Einkaufszentrum quasi die Zukunftspioniere im Kurztal zu sein!"

Die Rede des General Managers war kurz und bündig. In Anbetracht der hohen Temperaturen und im Hinblick auf die Bratwürste, die schon verführerisch dufteten, waren ihm alle dankbar, auch wenn er inhaltlich nicht viel Neues erzählt hatte. Man hätte schon gerne gewusst, welche Geschäfte es in diesem tollen Einkaufszentrum geben würde, aber darüber hüllte sich der General Manager in Schweigen. Die Anwesenden würden ihre Neugierde wohl noch etwas zügeln müssen.

Der einzige, dem das alles völlig egal war, war Vizebürgermeister Helmut Hasner, denn der schlummerte friedlich vor sich hin. Immer wenn er zwischendurch laut aufschnarchte, bohrte sich der Ellbogen von Anna-Lena

Wajgl unsanft in seine Rippen, was ihn für einen kurzen Moment die Augen aufreißen ließ. Dann sackte er wieder in sich zusammen und schlief weiter.

„Geschätzter Herr Bezirksobmann, sehr geehrter Herr Matic, geschätzter Herr Bürgermeister, liebe Kurzenbacher Bürgerinnen und Bürger, ich kann mich den Gratulationen meiner Vorredner nur anschließen. Das ist heute nicht nur ein großer Tag für Kurzenbach und das Kurztal, sondern für das gesamte Bundesland! Im Namen des Landes Niederösterreich danke ich Herrn Bürgermeister Lambert Zuser auf das Allerherzlichste für seinen unermüdlichen und langjährigen Einsatz für unser schönes Bundesland!“

In diesen Momenten hasste die Landeshauptfrau ihren Job am meisten. Aber sie konnte hier ja nicht in aller Öffentlichkeit sagen, was sie sich wirklich dachte. Sie konnte diese Niete ja nicht bloßstellen, nur weil sie die Wahrheit sagen wollte. Und außerdem – wer wollte die Wahrheit schon hören? Die Menschen waren ja am glücklichsten, wenn sie angelogen wurden. Und in der Politik waren bekanntlich diejenigen am erfolgreichsten, die den Wählerinnen und Wählern die besten Märchen auftischten, eine absolute Win-win-Situation also.

„Ich freue mich ganz besonders, mit Ihnen hier und heute den Spatenstich für die Zukunft von Kurzenbach vornehmen zu dürfen!“

Und das war sie auch schon, die Rede der Landesmutter – kurz, prägnant, ohne viel Blabla. Das Publikum goutierte das mit derart kräftigem Applaus, dass sogar der alte Hasner davon aufwachte. „Ah“, durchzuckte es sein Gehirn, „jetzt kommt bald der gemütliche Teil!“

Auf den verwies dann auch gleich Gemeindesekretär Franz Wagner, aber zuvor mussten sich noch alle von ihren Plätzen erheben und wurden von ihm aufgefordert, mit Inbrunst die Landeshymne mitzusingen. Inzwischen hatte der Leiter des Lagerhauses von Wegendorf rechts vom Rednerpult Aufstellung genommen. Drei funkelnagelneue Spaten hatte er für diesen feierlichen Akt mitgebracht. Die Sonne knallte auf die silbrig glänzenden Arbeitsgeräte und blendete die Anwesenden, so dass die meisten ihren Blick auf die andere Seite des Rednerpults wandern ließen, wo in einigen Metern Entfernung die Bratwürste wohlduftend vor sich hin brutzelten.

Jetzt war auch der große Moment für die Vertreter der Presse gekommen. Die Landzeitung, der Kurztalbote und das Bezirksjournal hatten je einen Fotografen geschickt, um dieses historische Ereignis ins richtige Licht zu rücken.

Alles hatte bis jetzt wie am Schnürchen geklappt, Franz Wagner war mit seiner Organisation wirklich sehr zufrieden, aber jetzt spürte er plötzlich dunkle Gewitterwolken aufziehen. Die Landeshauptfrau, Bezirkshauptmann Wanzenböck, General Manager Matic und Bürgermeister Zuser, aber der Gemeindesekretär hatte blöderweise nur drei Spaten bestellt …

8. Kapitel

Der Vormittag endete beinahe in einem Fiasko. Die Sache mit dem einen Spaten zu wenig war sehr peinlich. Zum Glück hatte Wahlkampfmanager Fritz Hauser eine rettende Idee. Die Landeshauptfrau und Bürgermeister Zuser sollten einen Spaten gemeinsam halten, flankiert vom Bezirkshauptmann und dem General Manager der Market Center Group. So ließ sich ein für alle zufriedenstellendes Gruppenfoto arrangieren, das von den Medienvertretern dankbar angenommen wurde. Aber hinter der friedlichen Fassade rumorte es …

Bezirkshauptmann Wanzenböck hatte nämlich durchschaut, dass es sein Spaten war, auf den man vergessen hatte, und das stieß ihm mächtig sauer auf. Dass er während der Zeremonie einen wichtigen Anruf bekommen hatte, der seine sofortige Rückkehr ins Büro erforderte, erklärte er kurzerhand, verabschiedete sich nur von der Landeshauptfrau und verließ Kurzenbach mit einer gehörigen Portion Wut im Bauch. Solche Dilettanten! Dieses Kaff konnte ihm in nächster Zeit gestohlen bleiben! Auf das gemeinsame Mittagessen konnte er getrost verzichten und am Nachmittag zur Enthüllung dieser komischen Skulptur würde er auch nicht kommen. Da sollte sich seine Sekretärin eine passende Entschuldigung einfallen lassen!

Klein war die Runde, die sich Punkt zwölf Uhr auf den Weg zum Mittagessen nach Wegendorf in den „Goldenen Ochsen“ machte. Neben Bezirkshauptmann Wanzenböck hatten sich auch noch Anna-Lena Wajgl und die drei Herren von der Market Center Group kurzfristig entschuldigt. So blieben nur Bürgermeister Zuser, Vizebürgermeister Hasner, Wahlkampfmanager Hauser und die Landeshauptfrau übrig, wobei sich letztere nach einer herzhaften Leberknödelsuppe für eine halbe Stunde zurückzog. Fritz Hauser konnte von Glück reden, dass er im „Goldenen Ochsen" ein Zimmer, das letzte wohlgemerkt, bekommen hatte, in dem sich die Landesmutter für den Nachmittag frisch machen konnte. Nicht auszumalen, der „Goldene Ochse" wäre ausgebucht gewesen ...

Da saßen sie also zu dritt mit etwas angesäuselter Miene, der Hauser, der Hasner und der Zuser. Ein paar Meter weiter, an der Bar, stand der Wirt vom „Goldenen Ochsen", ebenfalls etwas angesäuselt dreinblickend. Einen Tisch für ungefähr zehn Personen hatte der Gemeindesekretär von Kurzenbach reserviert, und jetzt saßen gerade einmal drei Hansln da, von den sich einer mehr flüssig als sonst was ernährte. Das Lokal war gesteckt voll, nur der eine Tisch war zu zwei Drittel leer. Mehrere Reservierungsanfragen hatte er abweisen müssen, den Tisch hätte er locker fünfmal verkaufen können. Es war zum Haare raufen! Mit diesen Kurzenbachern sollte man sich besser nicht einlassen!

Punkt halb zwei Uhr stand die Landeshauptfrau frisch geduscht und umgezogen in der Gaststube und drängte zum Aufbruch. Bürgermeister Lambert Zuser kämpfte noch mit seinem Bauernschmaus, Vizebürgermeister Helmut Hasner schwadronierte über den vorzüglichen Grünen Veltliner, natürlich aus Kurzenbach, nur Wahlkampfmanager Fritz Hauser machte tatsächlich Anstalten, den „Goldenen Ochsen" zu verlassen. Obwohl die Landeshauptfrau äußerlich sehr entspannt wirkte, wusste er, dass sie kurz vorm Explodieren war. Wenn sie etwas partout nicht leiden konnte, dann war das Unpünktlichkeit. Um die Situation zu entschärfen, schlug er ihr vor, schon einmal voraus zu fahren, die beiden Lokalpolitiker würden den Weg ohnehin alleine finden.

Und tatsächlich, Punkt vierzehn Uhr hatten es auch Bürgermeister Lambert Zuser und sein mittlerweile reichlich illuminierter Stellvertreter auf den Hauptplatz von Kurzenbach geschafft. Gefahren war natürlich der Zuser, der Hasner setzte sich zum Glück nur mehr selten ans Steuer seines alten Mercedes. Vielleicht der Hauptgrund, warum ihm noch nie der Führerschein abgenommen wurde, wie er bei jeder sich bietenden Gelegenheit zu erzählen wusste.

Der Hauptplatz von Kurzenbach war, wie man hierzulande zu sagen pflegt, gerammelt voll. Für zweihundert Gäste waren Sitzgelegenheiten aufgestellt worden, viel zu wenig, wie sich jetzt herausstellte. Aber wer konnte damit rechnen, dass sich so viele für die Enthüllung dieses modernen Kunstwerks interessierten? Oder war es doch mehr das Drumherum, das die Massen anzog? Gemeindesekretär Franz Wagner war das plötzliche Kulturbewusstsein der Kurzenbacherinnen und Kurzenbacher ein wenig suspekt. Vor allem, dass zu einer Kulturveranstaltung dreimal so viele Leute kamen, wie zum Spatenstich für ein Einkaufszentrum – äußerst merkwürdig!

Der Gemeindesekretär freute sich schon auf ruhigere Zeiten. Die beiden Veranstaltungen heute und in drei Wochen die Wahl – für den Wagner bedeutete das jede Menge Arbeit. Und vor allem jede Menge Verantwortung.

Wenn irgendwo irgendetwas nicht passte – der Wagner war immer der Sündenbock! Aber daran hatte er sich nach achtundzwanzig Dienstjahren als Gemeindesekretär zum Glück schon gewöhnt. So schnell konnte ihn nichts mehr aus der Bahn werfen. Der Zuser war zwar ein unberechenbares Häferl, aber andererseits wusste man immer, woran man bei ihm war. Das war keiner, der von hinten rum agierte, der war immer direkt. Der Wagner hoffte inständig, dass der Zuser noch lange Bürgermeister von Kurzenbach blieb. Am liebsten wäre ihm gewesen, wenn sie in sieben Jahren gemeinsam in Pension gegangen wären.

Gemeindesekretär Franz Wagner ging in seinem Job förmlich auf. Er wusste, dass er unersetzlich war, und daran waren bereits drei Ehen zerbrochen. Seit einigen Monaten war er wieder einmal frisch geschieden. Nicht weil er eine Andere hatte, nicht weil seine Ex-Frau einen Anderen gehabt hätte, nein, einfach weil die Arbeit als Gemeindesekretär auf Dauer kein funktionierendes Privatleben zuließ.

Dabei war der Wagner nicht einmal unattraktiv, ganz im Gegenteil. Nach seinen bisherigen beiden Scheidungen dauerte es kaum länger als ein halbes Jahr, bis dass er sich wieder unsterblich verliebt hatte. Dank seines Berufes kam er mit vielen Menschen zusammen, musste für viele ein offenes Ohr haben, und da waren auch immer sowohl alleinstehende Frauen wie auch verheiratete dabei, die sich für den freundlichen und hilfsbereiten Gemeindesekretär Franz Wagner mehr als interessierten …

KURZENBACH
FÜNFTER TEIL

1. Kapitel

Zum zweiten Mal an diesem 21. September erklang in dem kleinen Dorf Kurzenbach in Anwesenheit der Landeshauptfrau die niederösterreichische Landeshymne. Anstelle der brachialen und lautstarken Vormittagsversion der Dorfkapelle Kurzenbach waren zarte Harfenklänge getreten, die das Duo „harp & carp“ aus dem schönen Waldviertel äußerst melodisch und gefühlvoll seinen Instrumenten entlockte und den Hauptplatz von Kurzenbach in eine Art Klangteppich hüllte.

So etwas hatte man hier im Ort noch nicht erlebt. Alle Besucherinnen und Besucher waren zutiefst beeindruckt. Selbst der Zuser, der mit Musik nicht viel am Hut hatte, musste zugeben, dass sich das nicht schlecht anhörte. Und wenn am Land etwas als nicht schlecht bezeichnet wurde, dann bedeutete das, dass es eigentlich recht gut war.

Eine eigenartig friedliche Stimmung hatte sich über den Hauptplatz von Kurzenbach gelegt. Die Musik hatte alle in ihren Bann gezogen. Dazu die dreißig Grad im Schatten, wo aber am Hauptplatz gar kein Schatten war. In die riesige Kastanie, jahrzehntelang der Blickfang mitten am Platz, hatte letzten Sommer der Blitz eingeschlagen. Aus Sicherheitsgründen musste sie gefällt werden, wieder ein Baum weniger, und diesmal waren ausnahmsweise nicht die gefräßigen Biber schuld. Anstelle der mächtigen Kastanie wurden sechs kleine Bäumchen rund um den Platz gepflanzt, die vermutlich erst in zehn Jahren etwas Schatten spenden würden, wenn sie nicht in der Zwischenzeit wieder eingegangen waren.

Aus der Vogelperspektive muss der Hauptplatz sehr imposant ausgesehen haben. Ein kreisrunder Platz, aus dessen Mitte ein verhülltes Etwas aufragte. Rund um dieses phallusartige Gebilde scharten sich ungefähr fünfhundert Besucherinnen und Besucher, wie der Kurztalbote in seiner nächsten Ausgabe berichten sollte. Das war natürlich stark übertrieben, aber dreihundert werden es schon gewesen sein, wie Gemeindesekretär Franz Wagner schätzte.

Am westlichen Ende des Platzes war eine mittelgroße Bühne aufgebaut worden, auf der das Duo „harp & carp“ seine Instrumente platziert hatte und auf der sich auch das Rednerpult befand. Ein notdürftig aufgespanntes Sonnensegel sollte gewährleisten, dass zumindest auf der Bühne niemand kollabierte. Das Publikum saß, bzw. stand in der prallen Sonne. Manche hatten ihren Regenschirm mitgebracht, um sich so ein wenig gegen die Hitze zu schützen. Drei Rettungswägen und ein kleines Rettungszelt waren von der Rot Kreuz-Bezirkszentrale abgestellt worden, das musste reichen. Zusätzlich gab es einen Stand, der gratis Mineralwasser ausschenkte. Aufgrund der für die zweite Septemberhälfte ungewöhnlich hohen Temperaturen wurde darauf verzichtet, vor Ende des offiziellen Teils Alkohol auszuschenken. Diese äußerst unpopuläre Maßnahme schmeckte natürlich nicht allen, und man konnte die eine oder andere Unmutsäußerung vernehmen. Logisch, wozu soll man denn sonst bei dieser Hitze hergekommen sein, als wegen einem Krügel Bier oder einem Spritzwein?

Die Landeshymne war gleichsam der Startschuss für die Enthüllung der Skulptur „Per aspera ad astra“ am Hauptplatz von Kurzenbach. Wie es sich gehörte in Anwesenheit der Landeshauptfrau hatten sich alle von ihren Plätzen erhoben und lauschten inbrünstig den Harfenklängen. Kaum waren die letzten Töne verklungen, setzte tosender Applaus ein und die Glücklichen, die einen Sessel ergattert hatten, nahmen auf diesem wieder Platz. Man harrte der Dinge, die nun kommen würden. Vor allem war man gespannt, wie diese Skulptur wohl ausschauen würde. Seit einer Woche stand dieses verhüllte Etwas bereits am Hauptplatz und niemand im Ort außer Anna-Lena Wajgl wusste, was sich dahinter verbarg …

Eine kleine, schlanke Frau mittleren Alters schickte sich an, auf die Bühne zu gehen. Sie hatte kurzes, leuchtend orange gefärbtes Haar und war in einen schwarzweißen Umhang oder Vorhang gewickelt, so als galt es, auch sie zu enthüllen. „Unmöglich, wie die ausschaut!", ging da ein Raunen durch die Reihen. So kleidete man sich in Kurzenbach für gewöhnlich nicht, nicht einmal beim Faschingsgschnas im Sportbuffet Trixi. Das konnte nur die von der „Kunst im Öffentlichen Raum" sein. „Mag.a Marlitt van der Saarden-Winkelhuber" war auf der Einladung gestanden, der Name passte perfekt zu ihrem Outfit.

„Da Herrgott håt an großn Tiergoatn!", erinnerte sich Bürgermeister Lambert Zuser an einen Ausspruch seiner Großmutter Amalie aus längst vergangenen Mostviertler Kindheitstagen. Wenn die gute Oma diese Frau gesehen hätte, sie hätte das sicher gesagt. Aber wahrscheinlich hätte sie das auch über den Zuser gesagt, wenn sie ihn gesehen hätte. Weil wiedererkannt, nein, das hätte sie ihren Enkelsohn mit Sicherheit nicht mehr. Der war über die Jahre ja aufgegangen wie ein Germteig!

„Geschätzte Kunstinteressierte", ergriff die Rednerin mit piepsend-krächzender Stimme das Wort, „ich freue mich außerordentlich über Ihr zahlreiches Erscheinen!" Nicht wenige im Publikum verdrehten die Augen. Vorbei war es mit der fast besinnlichen Stimmung während der Landeshymne. Die Lautsprecher machten ihrem Namen alle Ehre, in Kombination mit der Tonlage der Stimme tat das in den Ohren ziemlich weh. Selbst der Landeshauptfrau, die ja schon erfahren und leiderprobt war in Bezug auf Eröffnungsreden, war das zu viel. Das hörte sich ja an, als ob da Mickey Mouse höchstpersönlich auf der Bühne stand. Mit versteinerter Miene starrte sie in Richtung Wahlkampfmanager Fritz Hauser, und der wusste augenblicklich, was zu tun war. „Dieser Vollidiot von Gemeindesekretär!" durchzuckte es sein Gehirn. Er hatte ihn extra darauf hingewiesen, dass eine funktionierende Tonanlage vorhanden sein musste und von einem Fachmann bedient werden sollte.

Der Tontechniker war in diesem Fall der Gemeindesekretär selbst, nur hatte er aufgrund des gewaltigen Publikumsandrangs das Mischpult hinter die Lautsprecherboxen rücken müssen, damit es nicht umgerannt wurde, sodass er selbst die volle Lautstärke gar nicht mitbekam, also doch kein Fachmann. Dass irgendetwas nicht stimmen konnte, bemerkte Franz Wagner erst, als ein wütend gestikulierender Fritz Hauser auf ihn zusteuerte …

2. Kapitel

„Die Gemeinde Kurzenbach“, setzte Magistra Marlitt van der Saarden-Winkelhuber nun in halbwegs erträglicher Lautstärke fort, „darf sich glücklich schätzen, der erste Ort im Kurztal zu sein, der mit Kunst im öffentlichen Raum reich beschenkt wird. Mit dem Kulturförderungsgesetz 1996 hat sich im Bereich Kunst im öffentlichen Raum ein Modell entwickelt, das nicht nur in Österreich vorbildhaft wirkt, sondern auch international wahrgenommen wird. Die künstlerischen Arbeiten, die bisher im öffentlichen Raum in Niederösterreich realisiert wurden, reichen von autonomen Skulpturen bis hin zu temporären Kontextualisierungen und kommunikativer Intervention, Gestaltung von Plätzen, Konzepten von Mahnmalen und Kunstprojekten in Zusammenarbeit mit der Bevölkerung.“

Reden konnte sie, das musste man ihr lassen. Das Gesagte klang ziemlich beeindruckend, auch wenn sie es nur heruntergelesen hatte. So viele Fremdwörter in so kurzer Zeit musste man einmal richtig aussprechen können. „Naja, hat sie zumindest nicht umsonst studiert!“, dachte der Zuser, der sich wie ein Stück Schweinsbraten in einem Backrohr fühlte, so sehr schwitzte er in seinem dunklen Sakko. Eine himmlische Vorstellung und da musste er gleich wieder an den göttlichen Bauernschmaus denken, den er sich im „Goldenen Ochsen“ gegönnt hatte. Der rumorte jetzt ganz schön in seinem Magen, und der Zuser wäre gerne einem dringenden Bedürfnis nachgegangen, aber natürlich konnte er jetzt nicht während des offiziellen Teils einfach aufspringen und den Klowagen aufsuchen. Zu blöd, dass man als Bürgermeister auch immer in der ersten Reihe sitzen musste …

Unruhig wetzte er auf seinem Sessel herum, während die Vertreterin von Kunst im öffentlichen Raum des Langen und Breiten über die Entstehungsgeschichte des Kunstwerks „Per aspera ad astra" schwadronierte und die Künstlerin Anna-Lena Wajgl über den grünen Klee lobte. Zum Glück musste der Zuser nicht auf die Bühne, um eine Dankesrede zu schwingen. Das einzige, das er an diesem Nachmittag zu tun hatte, war, den Mitarbeitern vom örtlichen Bauhof nach der Rede der Landesmutter das Kommando zu geben, die Planen, mit der die Skulptur seit Tagen verhüllt war, zu entfernen, und sich anschließend mit der Landeshauptfrau, der Frau mit den orangen Haaren, deren komischen Namen er sich partout nicht merken konnte, und mit Anna-Lena Wajgl für Pressefotos und ein kurzes Fernsehinterview zur Verfügung zu halten. Irgendeine wichtige Sekretärin vom Land Niederösterreich hatte alles minutiös geplant und den armen Gemeindesekretär Wagner in den letzten beiden Wochen gefühlte zehn Mal am Tag angerufen und ihn über den jeweils letzten Stand des Programmablaufs unterrichtet. Dass der Bezirkshauptmann vor einer Stunde abgesagt hatte und aus diesem Grund nicht am Fototermin teilnehmen konnte, warf ihr Konzept völlig über den Haufen und brachte sie an den Rand eines Nervenzusammenbruchs.

Der Zuser sehnte nicht nur aufgrund seines menschlichen Bedürfnisses die Enthüllung herbei, schließlich war auch er gespannt, was die Wajgl da für ein Kunstwerk fabriziert hatte. Hoffentlich war das was „G'scheites", denn diese

Skulptur musste vermutlich bis zum St. Nimmerleinstag am Hauptplatz von Kurzenbach stehen bleiben. So eine geförderte Landesskulptur konnte man ja nicht einfach abmontieren, wenn man sich satt gesehen hatte. Die gute Frau mit den orangen Haaren konnte leicht von einem „Kunstwerk für die Ewigkeit" reden, die musste es ja nicht täglich anschauen, im Gegensatz zu den Kurzenbacherinnen und Kurzenbachern. Und wenn es denen nicht gefiel, wer musste dafür büßen? Natürlich er, der Bürgermeister!

Frau Magistra Marlitt van der Saarden-Winkelhuber schwärmte immer noch in höchsten Tönen von der einzigartigen Tonskulptur, die es in Kürze zu enthüllen galt. Von einer überdimensionalen Weltkugel war da die Rede, die auf die Verbindung von Kurzenbach zur großen weiten Welt hinweisen sollte, getragen von Metallverstrebungen, die in der Nacht wie Sterne leuchteten. Doch bevor das künftige Wahrzeichen von Kurzenbach endlich das Licht der großen weiten Welt erblicken durfte, sollte es noch ein Interview mit der dafür verantwortlichen Künstlerin geben. Aber davor war wieder das Duo „harp & carp" an der Reihe.

Thematisch durchaus passend, aber um diese Tageszeit und bei diesen Temperaturen doch irgendwie unpassend empfanden es die meisten im Publikum, als sie nach ein paar Sekunden Harfenklängen das Dargebotene als „Weißt Du, wie viel Sternlein stehen" erkannten. Der Zuser hätte da durchaus eine Antwort geben können, denn die gnadenlos vom Himmel brennende Sonne in Kombination mit den Unmengen an Wein und Bier, die er vormittags und beim Mittagessen konsumiert hatte, und den Magenkrämpfen, die ihm schwer zu schaffen machten, ließ ihn tatsächlich schon ein paar Sternderl sehen. Zumindest fühlte er, dass es mit seinem Kreislauf nicht mehr zum Besten bestellt war.

Die Landeshauptfrau schien auch nicht sonderlich begeistert von der musikalischen Darbietung. Ihre Augen suchten den Kontakt zu Marlitt van der Saarden-Winkelhuber, aber die schaute absichtlich in eine andere Richtung. Nämlich in Richtung des Harfenduos. Sie hatte ihnen die Direktive gegeben, die Eröffnung mit vier passenden Musikstücken zu umrahmen, wobei das erste und das letzte die niederösterreichische Landeshymne zu sein hatten. Dass die zwei Komiker sich für ein Schlaflied entschieden hatten, damit konnte ja niemand rechnen. Magistra Marlitt van der Saarden-Winkelhuber hatte schon schlimmste Befürchtungen, was da als nächstes kommen würde …

Anna-Lena Wajgl störte die Musik nicht. Sie war so nervös vor ihrem großen Auftritt, dass sie gar nicht mitbekam, was da auf der Bühne gespielt wurde. Das Harfenduo hätte selbst den Vogerltanz zum Besten geben können, die Wajgl hätte es nicht wahrgenommen. Da ging es ihr wie Vizebürgermeister Helmut Hasner. Der bekam wie immer auch nichts mit und schlummerte gemütlich vor sich hin.

3. Kapitel

„Scheiß Kunst!" Rudi Wasitzky brachte zum Ausdruck, was sich die fünf Schanigarten-Gäste im Sportbuffet Trixi allesamt dachten. „Wer braucht so an Schas?" stellte sein designierter Nachfolger, der Franz Schranz, eher rhetorisch in den Raum. Die zarten Harfenklänge drangen vom Hauptplatz bis herüber zum Sportbuffet Trixi. Nachdem die meisten Bewohnerinnen und Bewohner von Kurzenbach dem Spektakel beiwohnten, und das Zentrum des Ortes für den Verkehr gesperrt war, ging es abseits des Hauptplatzes ausgesprochen ruhig zu.

Das Sportbuffet Trixi war jetzt nicht unbedingt ein Ort, an dem die Kunst zuhause war. Ganze zwei Kulturveranstaltungen hat es in den knapp fünfundzwanzig Jahren seines Bestehens gegeben. Das eine war ein Diavortrag zum Thema „Nordic Walking in Dänemark" und das andere eine Ausstellung über zertrümmerte Tennisschläger mit dem klingenden Titel „from racket to wrack".

„Und schuid is da Zuser! Weu der zu ållem imma jå sågt! Då gheat endlich a aundara her!" Für den Haller Pepi, seines Zeichens rüstiger Pensionist Anfang siebzig und ehemaliger Eisenbahner und SPÖ-Gemeinderat, war der Zuser schon seit Jahren ein rotes Tuch. Kein gutes Haar ließ er am Langzeitbürgermeister von Kurzenbach. Aber auf die Frage, wer denn dieser „Andere" sein sollte, wusste der Haller Pepi genauso wenig eine Antwort, wie die anderen am Tisch.

„Eine Runde Spritzwein aufs Haus!" verkündete die Wiesner Gerti und kam mit einem Tablett mit fünf Gläsern an den Tisch. Sie hatte schon ein Gespür, wie sie ihre Stammgäste bei Laune halten konnte. Bis auf den Schranz waren es ja harmlose Pensionisten, die gerne plauderten und ab und zu mal einen über den Durst tranken. Der Franz Schranz war ihr nicht ganz geheuer, der kam nur gelegentlich vorbei und wenn, dann schwang er immer große politische Reden. So etwas hatte im Sportbuffet Trixi nichts verloren, aber hinausgeworfen hat sie diesen Unsympathler, wie sie ihn gerne bezeichnete, deswegen auch noch nie. Dieses Mal hatte er wenigstens sein blödes Hundsviech daheim gelassen, den konnte die Gerti noch weniger ausstehen als den Schranz selbst.

„Auf unsa Gerti!" hob Rudi Wasitzy das Glas und die anderen am Tisch taten es ihm gleich. „Geh, setz di a wengal her zu uns!" Die Angesprochene verschwand im Inneren des Lokals, kam kurze Zeit später mit einem weiteren Spritzwein zurück und gesellte sich zur illustren Männerrunde. Heute konnte sie sich schon mal ein Gläschen während der Arbeit gönnen, viel Umsatz würde sie ohnehin nicht mehr machen.

Die Freitagsrunde war nicht das große Geschäft, aber andererseits waren die alten Herren treue Gäste und solche waren ihr lieber als irgendwelche Wichtigtuer, die einmal im Jahr vorbeikamen und große Ansprüche stellten. Dass sie kein Gourmettempel war, war ihr klar, aber eigentlich wollte sie das auch gar nicht sein. Ein Lokal für die kleinen Leute, ein Lokal ohne Schnickschnack wollte sie sein und das gelang der Wiesner Gerti ganz gut. Verständlich, dass sich zu ihr keine Gourmetkritiker verirrten, aber wer brauchte die schon? Über was hätten die auch schreiben sollen? So aufregend war ihr Mittagsmenü auch wieder nicht, und die Würstel mit Saft oder der Hawaii-Toast waren jetzt auch nicht unbedingt eine kulinarische Offenbarung.

Dass man sie nicht einmal gefragt hatte, ob sie am Vormittag beim Spatenstich für das Einkaufszentrum oder am Nachmittag bei der Enthüllung dieser komischen Skulptur einen Getränkestand machen wollte, das kränkte die Wiesner Gerti schon ein wenig, wie sie der versammelten Runde erzählte. Sie hätte eh sicher nein gesagt, weil mit den Großkopferten wollte sie eh nichts zu tun haben, aber es ging ihr ums Prinzip. Schließlich zahlte sie ja auch brav Steuern und Gemeindeabgaben und das ganze Zeugs.

„Da Zuser muaß weg!“, gab der Franz Schranz dem Haller Pepi recht und brachte sich selbst als denjenigen ins Spiel, der es eines Tages anders und vor allem besser machen würde. „Wenn du Ungustl wirklich einmal was zum Reden hast, geh ich sicher nimmer wählen!“, lag der Wiesner Gerti auf der Zunge, aber als Wirtin schien es ihr angebracht, ihre Meinung besser für sich zu behalten.

Am Hauptplatz war die Musik mittlerweile verstummt, und es drangen wieder verzerrte Lautsprecherstimmen an die Ohren der Schanigartengäste.

4. Kapitel

Rein optisch erinnerten die beiden Damen auf der Bühne ein wenig an den Fasching. Marlitt van der Saarden-Winkelhuber mit ihren orangen Haaren, in den schwarzweißen Umhang oder Vorhang gewickelt, und Anna-Lena Wajgl mit ihrem kurzen, vielleicht sogar etwas zu kurzen, blau-gelb gestreiften Kleid, das sie von ihrem letzten Italien-Urlaub mitgebracht hatte. So manche Kurzenbacherin rümpfte die Nase, wie man sich nur so herrichten konnte, aber wer weiß, vielleicht war da ja auch ein bisschen Neid dabei. Die Kurzenbacher Männer hingegen waren durchaus angetan, aber so richtig zeigen durften sie das natürlich nicht.

Was sie denn zu dieser einzigartigen Skulptur inspiriert hatte, wollte die Zuständige für Kunst im öffentlichen Raum von der gebürtigen Salzburger Künstlerin als erstes wissen und reichte ihr das Handmikrophon.

„Geschätzte Frau Landeshauptfrau, werter Herr Bürgermeister, geschätzte Gemeinderäte, sehr geehrte Damen und Herren, liebe Kurzenbacherinnen und Kurzenbacher, liebe Hasendorferinnen und Hasendorfer, liebe Mallerbacherinnen und Mallerbacher, liebe Pichlingerinnen und Pichlinger, liebe Gäste aus den umliegenden Orten, geschätzte Medienvertreter von nah und fern, liebes Fernsehteam, verehrte Pensionistinnen und Pensionisten, liebe Hausfrauen und Hausmänner und ganz besonders, liebe Kinder, ich ..."

„Nau, samma endlich fertig mit da Begrüßung?" Die Landesmutter fragte sich wieder einmal, womit sie das nur verdient hatte. Unglaublich, was sie alles mitmachen musste! Das heute war schon eine ganz besonders schwere Prüfung. Und dieses Kurzenbach schon ein sehr spezieller Ort. Dass das die künftige Kulturgemeinderätin werden sollte, hatte ihr dieser ausgefressene Bürgermeister erzählt. Na, gute Nacht, das konnte ja heiter werden!

„… freue mich außerordentlich, dass Sie so zahlreich heute hier versammelt sind! Sie alle hier haben mich zu dieser Skulptur inspiriert! Kurzenbach ist für mich zum Lebensmittelpunkt geworden, zu meinem Universum, zu meiner Weltkugel!“

Die Wajgl quasselte wie aufgezogen. Der Zuser verdrehte die Augen. Die Landesmutter blickte zum Himmel. Keine Wolken in Sicht. Die diesem Martyrium ein Ende hätten bereiten können. Zwei verspätete Schwalben zogen verstört ihre Kreise. Vielleicht hätten sie doch letzte Woche mit den anderen in den Süden fliegen sollen …

„Und warum ausgerechnet Kurzenbach?“, wollte die Dame mit den orangen Haaren jetzt wissen. „Oh, das ist eine lange Geschichte. Ich …“

Die Kinnladen im Publikum klappten merklich hörbar herunter. Nein, bitte nicht …

„… möchte Sie in Anbetracht der großen Hitze aber nicht länger auf die Folter spannen. Dieses wunderschöne Kurzenbach mit seinen freundlichen Bewohnerinnen und Bewohnern hat mich einfach wie ein Magnet angezogen!“

Puuh, da hatte die gute Anna-Lena Wajgl jetzt ganz schön dick aufgetragen, aber das Publikum dankte es ihr mit frenetischem Beifall. Die Wajgl wusste anscheinend genau, was sie sagte. „Bravo!“ tönte es lautstark und mehrstimmig aus dem Publikum. Das mochten die Leute, wenn ihnen jemand Komplimente machte und Honig ums Maul schmierte.

Magistra Marlitt van der Saarden-Winkelhuber erkannte die Zeichen, und das Harfenduo „harp & carp“ erkannte die unausgesprochene Aufforderung und setzte zum nächsten Musikstück an.

„Sternderl schaun“, „Der Stern von Mykonos“ oder „Ein Stern, der deinen Namen trägt“ – mit allem hätte Marlitt van der Saarden-Winkelhuber gerechnet, aber dass das Harfenduo jetzt die „Ode an die Freude“ zum Besten gab, ließ sie innerliche Freudentränen vergießen. Noch einmal den Kopf aus der Schlinge gezogen!

5. Kapitel

„... erkläre die Skulptur ‚Per aspera ad astra' für beinahe enthüllt!"

Die abschließenden Worte der Landeshauptfrau waren das erste, das der alte Hasner von dieser Veranstaltung mitbekam. Entspannt räkelte er sich auf seinem Sessel, rechtzeitig zum gemütlichen Teil war er wieder munter geworden.

„... erkläre die Skulptur ‚Per aspera ad astra' für beinahe enthüllt!"

Die abschließenden Worte der Landeshauptfrau waren für den Zuser das Signal für seinen großen Auftritt. Behäbig erhob er sich von seinem Sessel – endlich war der Zirkus vorbei – und tapste schwerfällig Richtung Bühne. Magistra Marlitt van der Saarden-Winkelhuber hatte mittlerweile das Rednerpult verlassen und drückte ihm das Mikro in die Hand.

„Auf mein Kommando: Kunstwerk enthüllen!"

Bürgermeister Lambert Zuser hatte seinen Auftritt souverän hinbekommen. Die Bauhofmitarbeiter zogen an den Schnüren und Bändern und befreiten die Skulptur endlich von den Plastikplanen.

Die Enthüllungsaktion wurde mit kräftigem Applaus eingeleitet, der jedoch umso mehr verebbte, je mehr von der Skulptur sichtbar wurde. „Per aspera ad astra" – Metallverstrebungen und eine überdimensionale Weltkugel ...

... auf die irgendwer in roten Lettern Z U S E R gesprayt hatte.

Der Zuser verfolgte das Enthüllen der Skulptur erschöpft und gleichzeitig erleichtert. In wenigen Minuten würde er sich Richtung Klowagen entfernt haben und seinem seit einer Stunde dringenden Bedürfnis nachgegangen sein. Als dann die überdimensionale Weltkugel zum Vorschein kam und der Zuser zwar durch einen Schleier, aber doch, die roten Buchstaben sah und zu einem Wort zusammenfügte, das eigenartigerweise seinen Nachnamen ergab, fühlte er, wie seine Füße plötzlich nachgaben, wie er plötzlich immer kleiner wurde, wie die Weltkugel mit der ZUSER-Aufschrift immer weiter nach oben schwebte, wie sich da plötzlich eine Art Nebel zwischen den Zuser und die Weltkugel schob.

„Tatütata, tatütata." Der Rettungswagen hatte augenblicklich das Folgetonhorn angeworfen. Die Sanitäter stürmten in Richtung Bühne, dorthin, wo der Bürgermeister von Kurzenbach wie ein sterbender Schwan in die Knie gegangen war.

Das war schon ein kleines Wunder, dass der Zuser nicht wie ein Zementsackl umgefallen war, sondern ganz einfach in sich zusammengesunken war. Und während er da immer kleiner wurde, tauchten viele Bilder in ihm auf, und das Harfenduo „harp & carp" spielte quasi als Soundtrack die niederösterreichische Landeshymne dazu. Da sah er die Äpfel- und Birnbäume im Mostviertel, da hörte er „La Paloma Blanca" auf der Geburtstagsparty vom Schachinger Roli, da lernte er seine Hanni am Frühlingsball in St. Pölten kennen, da wurde er zum Bürgermeister von Kurzenbach ernannt, da hatte er sein Gschpusi mit der Kellnerin vom Sportbuffet Trixi, da hörte er den laut herum fluchenden Gemeindearzt an die Haustür trommeln, da saß er mit dem

Rudi Wasitzky beim Angeln an der Kurzbiegung, da tauchte der deppate erste Biber auf, da sah er die alte Huber mit den Hundstrümmerln vom Schranz-Köter.

Und dann Filmriss. Und lange, finstere Nacht.

EPILOG

Zuerst die gute Nachricht: Der Zuser hat überlebt. Kreislaufkollaps. Herzinfarkt. Vier Stunden hatten die Ärzte alle Hände voll zu tun. Aber so ein richtiger Mostviertler Sturschädel, der tritt nicht so einfach ab. Und doch: ein paar Tage Intensivstation, absolute Ruhe, danach mehrere Wochen Rehab-Aufenthalt, man kennt das ja aus Erzählungen.

Dann die schlechte Nachricht: das mit dem am längsten dienenden Bürgermeister von Niederösterreich ist nichts geworden. Denn an Wiederwahl war natürlich nicht zu denken. Nachdem der alte Hasner widerwillig drei Wochen lang den Bürgermeister von Kurzenbach geben musste, ist Anna-Lena Wajgl dann als Spitzenkandidatin der Zuser-Partei in die Wahl gegangen. Kurzer Wahlkampf, aber Hut ab! Nur knapp an der absoluten Mehrheit vorbeigeschrammt. So wie es ausschaut, Koalition mit den Roten, aber theoretisch wären auch Blau, Grün oder Namensliste KURZENBACH NEU möglich – der Ort ist mit einem Mal sehr bunt geworden.

Der Rudi Wasitzky hat sein Mandat zurückgelegt. Weil den Vizebürgermeisterposten hat er sich abschminken können. Der war ja quasi an den Zuser gekoppelt. Der Franz Schranz hat ihn gern beerbt. Der will jetzt konstruktive Oppositionspolitik betreiben. Sagt er. Die Susi Zuser hält die Familientradition aufrecht und sitzt im Gemeinderat – als erste Grüne in der Geschichte von Kurzenbach. Mit ihrem Vater redet sie übrigens wieder.

Gemeindearzt Friedrich Czulak hat sich ebenfalls mit dem alten Zuser ausgesöhnt und ihn sogar im Spital besucht. Dem Vernehmen nach sind die beiden mittlerweile wieder per „Du".

Auch ansonsten hat sich über den Winter einiges getan in Kurzenbach. Die Schwiegermutter vom Zuser ist ein paar Tage nach Weihnachten überraschend verstorben. Ausgerechnet jetzt, wo die Beziehung zu ihrem Schwiegersohn so gut war wie nie zuvor.

Der Köter vom Schranz ist auch nicht mehr. Vergiftet worden. Die alte Huber war es mit Sicherheit nicht. Die hat das leider nicht mehr erleben dürfen.

Über Gemeindesekretär Franz Wagner wird gemunkelt, dass er nicht nur ein berufliches Naheverhältnis zur neuen Bürgermeisterin unterhält. Der junge Hammerer baut fleißig seinen Heurigen um, der Weber sein Kaffeehaus, nur an der Kurzbiegung hat sich seit dem Spatenstich nichts mehr getan.

Um den Zuser selbst ist es ruhig geworden. Der Arzt hat ihm strengste Diät verordnet: Gesunde Ernährung, viel Sport und keinen Alkohol! Nicht selten sieht man den sichtlich erschlankten Altbürgermeister mit seinem Anglerfreund Rudi Wasitzky auf ihren mitgebrachten Campingsesseln an der Kurzbiegung sitzen. Zufrieden schauen sie auf den Fluss und freuen sich, dass das Polit-Theater der Vergangenheit angehört.

Gelegentlich bringt der Rudi seinen Selbstgebrannten mit und der Zuser gönnt sich eine Ausnahme von der Abstinenz. Weil erstens, der Arzt ist eh nicht da, und zweitens, der Schnaps vom Rudi, der ist ja quasi Medizin!

„Schau, Bertl, då schwimmt a Råtz!“

Wolfgang Kühn, geboren 1965 in Baden, lebt in Zöbing / Langenlois und Wien.
Seit Mai 2017 freiberuflicher Autor, Musiker, Herausgeber und Veranstalter.
1992 DUM – Das Ultimative Magazin (www.dum.at) mitbegründet, ebenso wie 1999 das Int. Kulturenfestival „Literatur & Wein". Seit Anbeginn (2007) künstlerischer Leiter der SEPTEMBERLESE in Langenlois.
Hans Weigel Literaturstipendium des Landes NÖ 2018 / 2019 für eine Textprobe aus „Kurzenbach".
Texter und Stimme der Formationen „Zur Wachauerin" (vier CDs / www.zurwachauerin.at) und „VESSELSKY // KÜHN" (zwei CDs / www.küve.com).
Ein Hörbuch und fünf Mundart-Lyrikbände, zuletzt 2019 „ana hot imma des bummerl" (Stoahoat Verlag).
Herausgeber der Anthologien „Mein Waldviertel" (2014), „Mein Mostviertel" (2015), „Mein Weinviertel" (2016), „Mein Industrieviertel" (2017), „Meine Donau" (2018), „Auftauchen – Neue Literatur aus Niederösterreich" (2019) und „Grenzenlos?" (2020), alle Literaturedition Niederösterreich.

.

Verlag Bibliothek der Provinz

für Literatur, Kunst, Wissenschaft und Musikalien